Paul Gisi
Nächte des Knurrhahns
Testament der Leidenschaft

Books on Demand

Bibliographische Information der Deutschen National-bibliothek. Die Deutsche Nationalbibliothek verzeichnet diese Publikation in der deutschen Nationalbibliographie, detaillierte bibliographische Daten sind im Internet über http://dnb.dnb.de abrufbar.

© 2015 Autor: Paul Gisi
Umschlagbild Ludwig Weibel
Herstellung und Verlag:
BoD – Books on Demand, Norderstedt
ISBN 9783738641073

Paul Gisi

Nächte des Knurrhahns

Inhalt

Erster Teil
Nächte des Knurrhahns
Testament der Leidenschaft

Seite 5

Zweiter Teil
Fuss fassen im Bodenlosen
Träume gegen den Wirklichkeitswahn

Seite 43

Dritter Teil
Briefe an Simon
Ich gehöre nicht zum Fortschritt,
mit mir ist nicht zu rechnen

Seite 79

Nächte des Knurrhahns

Testament der Leidenschaft

Ich träume am liebsten im hochwachen Zustand.

Die Farben der vorläufigen Wahrheiten machen das Genie aus.

Ich lebe in den Augenblicken der Jahrtausende.

Ein zu Stein zusammengestürzter Schmerz.

Ich liebe Nächte des Knurrhahns und der Zyklopen.

Nächte sind nicht da, um zu schlafen, sondern um den Orinoco zu befahren.

Marzipan hat zwischen den Buchdeckeln nichts zu suchen.

Du zappelst um meine Füsse – hab keine Angst, kleine Spinne, es geschieht dir nichts, ich liebe dich.

Auch wenn die ganze Welt zusammenstürzt – hörst du den fernen Klang?

Ich schaukle mit meinem Segelboot der Pfefferküste entlang, fahre bald in den Hafen von Timbo ein und reite mit meinem Lieblingskamel Morondo nach Toobli, dort werde ich in einem Prunkzelt von der Fürstin Sequeia und vom Fürsten Woroflum erwartet: Sag, was du willst, ich finde das Leben herrlich.

Ich sitze unter einem Dattelbaum und lese Gedichte des grossen makumbischen Lyrikers Kutu Balangala el Embolo.

Niemand kann einen Steppenwolf domestizieren.

Entfalte deine Neigungen und stürze ins Weltall in dir.

Inmitten eines tödlichen Sturms muss ich herzhaft lachen.

Auch das allerkleinste Lebensdetail wird ernst, wenn man es mit der Ewigkeit misst.

Dass das Grosse klein und das Kleine gross ist, ist eine Banalität. Und wer kämpft, ist schwach. Doch wir leben alle nur mit schäbigem Vorbehalt.

Hoffnung ist meist nur eine Form der Feigheit.

Mein eigenes Leben ist mir zu kurz, um auf die Ratschläge anderer Menschen eingehen zu können.

Manchmal gibt es gottseidank keinen Halt mehr! Ein Code zu mir? Ich bin Trappist, Lustmolch, Zugvogel, Antennenwels, Hiob, Stein, Weintrinker, Liebesnarr, Weltallgaukler, Psalmensänger.

(Fast) die ganze deutschsprachige Literatur ist lächerliches Geschmonzes für frigide Schwachköpfe.

Der Verlag Zolyon and Brothers will zweihundert meiner Gedichte in Edelmarmor hauen und sie auf der sonnenbeschienenen Seite des Mondes ausstellen – man stelle sich vor, auf der sonnenbeschienenen Seite des Mondes, und erst noch zu Fusse eines Kraters, es ist fantastisch!

Ich habe Besuch vom dritten Dalai Lama (aus dem 16. Jahrhundert); wir disputieren über die Wolken der Verblendung – und soeben hat Padmasambhava (aus dem 8. Jahrhundert) an der Tür geläutet: Diese Nacht wird feierlich.

Ich hasse die Verbürgerlichung, die Ameisenexistenz der Menschen. Ich liebe das Individuum, offen angelegt auf die Totalität des gesamten Seins (das nur vom Nichts begrenzt ist).

Die Flammen der Lust.

Leben: Rausch, Lust, Liebe – alles andere ist überflüssig.

In der Verzweiflung bleibt dem Agnostiker zum Glück der Pantheismus.

Gott blitzt auf im Surrealen – in der Artenvielfalt der Kreaturen, in den tödlichen Spasmen des Kosmos.

Die grösste Lust in der Unvollendbarkeit des Menschen ist das formvollendete Gedicht, doch auch dieses fällt der Verwesung anheim.

Ich lecke deinen nackten Körper in den trunkenen Melodiefalten unserer Begierden.

Tod ist durch nichts begreiflich zu machen, er ist nicht zu verstehen – ich hasse ihn.

Oberflächliches Leben ist Verlogenheit des Herzens. Als ich dich kennen lernte, liebte ich dich; als ich dich zu hassen begann, liebte ich dich!

Du bist schön wie eine Capri-blaue Glasperle, du bist schön wie ein Himmelsgucker, du bist schön wie Vishnu, du bist schön wie die Fülle.

Es gibt kein Ganzes im Fragment; es gibt bloss Fragmente im Fragment.

Nach Albträumen bete ich dich an – Singvogel.

Was Philosophie sei, sein könnte: Nach jahrzehntelangem Studium muss ich sagen: Ich weiss es nicht.

Ich erkenne dich, Gott, in den Gezeiten allen Seins – doch der Wurm nagt längst an Gott ...

Liebe zieht immer nieder.

Im Verzicht werden Macht und Ohnmacht bedeutungslos.

Ich verwerfe JEDE Macht; auch die Macht eines Gottes ist des Teufels. Basta! Gott hat vor der bluttriefenden Grausamkeit des Menschen längst kapituliert.

Ich bete die Ohnmacht an. Gottes „Allmacht" ist finsterste Dämonie, genauer: Sadismus.

Ohne Rückbesinnung auf das Grenzenlos-Offene, das als Strom im Menschen fliesst, wird das Leben lächerlich fantasielos, erbärmlich eng – ohne blendende Sicht aufs unendliche Weltall, das in deiner ruhenden liebenden Hand existiert, würde mein Leben eine Qual.

Der Aufstieg zur Wahrheit ist immer ein Absturz zur labyrinthischen Wahrheit; wir taumeln von Täuschung zur nächsten Täuschung.

„Er hat mehr Zungen als Gehirnkammern." (Jean Paul)

Als der Ziegenbock mich anschaute, wusste ich, dass er vor mir in den Himmel kommt (und deshalb liebte ich ihn sehr, sang ich ihm ein schönes Lied vor).

Das Leben ist so wenig „gerade" wie ein Korkenzieher.

Es gilt, auf die eigene Vollendung (Vervollkommnung) hinzuschreiten, alles andere ist Zeit-, Lebensverschwendung.

Immer und immer wieder gesagt: Was gäbe es Schöneres als deinen nackten Körper? Ich tauche ein in deinen Bauchnabel.

Wolken und Flammen, Visionen und Illusionen, ich bin auf dem Weg zu dir, Gott.

Alles ist Schein, doch ich liebe diesen Schein masslos hemmungslos lusterigiert.

Das teuflische Spinnennetz der Nichtigkeiten zu zerreissen, es hiesse: ich erkenne mich selbst mit meinen eigenen Abgründen.

Nur in der Trance nähert man sich selbst, nähert man sich dem geliebten Menschen. Nur in der Liebesekstase ist Erkennen möglich.

Mit der Vernunft lässt sich nichts Schlaues, Gültiges, Wahres aussagen, mit dem Glauben noch weniger, also schweigen wir – oder singen!

Wie hell ist die Dunkelheit der Erkenntnis!

Ich will und kann das Universale nur im Individuum wahrnehmen.

Wenn ich total der Todesangst mich ausgeliefert fühle, singe ich die Sonne des Schmetterlings.

Die Dogmatik der katholischen Chefbeamten mit ihren Papstpopanzen ist nichts anderes als erbärmliche Kakerlakenkacke.

Vor einer Religion, die die Inquisition hervorgebracht hat, ekelt es mich bis zum letzten Atemzug!

„… und es bleibt nur noch die Freude einer langsamen Zerstörung." (Brigitte Kronauer)

Michelangelo, Shakespeare, Dostojewski, Balzac, Donizetti, Hölderlin, Strindberg, Rodin, van Gogh: Leben zwischen Inferno und Ekstase.

Im Vergleich zu Heinrich Mann, Alfred Döblin, Jakob Wassermann und Lion Feuchtwanger sind die heutigen zeitgenössischen schweizerischen Romanschriftsteller lebensschwache Milchbuben: infantil, präsenil, impotent, dilettantisch, bedeutungslos.

In einer grossen Buchhandlung befällt mich die Depression: so viel Müll!

Auch Engel müssen oftmals in Katakomben hineinflüchten.

Ich sitze eng umarmt mit meinem geliebten jungen Freund Tim zuvorderst auf der Hafenmole von Staad, der Wind stürmt, die Wellen sinfonieren, die Cepheiden singen, ich rezitiere Tim mein Gedicht: „Ich bin eine Maus / in mir lebt die Katze / verstehst du meine Todesangst?" – Wir schauen uns an und müssen schallend lachen. Tim ist wundervoll!

In der Kunst ist das Allerkleinste Transzendenz, auch das scheinbar Unwichtigste Mythologie.

Abstraktes bleibt Symbol.

Je sinnlicher, traumverwucherter ein Kunstwerk ist, desto überzeugender ist es.

Sein: Abermilliarden von Details – und da eine evolutive Finalität, eine Konvergenz (als Zerstreuung der Divergenz) sehen zu wollen, mutet mich reichlich an den Haaren herbeigezogen an.

Nach einer Liebesnacht: der Riss des Herzens hält!

Moden verschwinden, modische Kunst verschwindet – echte (leidenschaftliche) Kunst bleibt.

Anton Bruckners sinfonisches Weltall.

Zwei der kultiviertesten Schriftsteller: Werner Bergengruen und Peter Bamm.

Die Manieren der Politiker und Manager werden hinter ihrem widerlichen maskenhaften Lächeln immer pöbelhafter.

Damit die Menschheit gesunde, muss das Politikerpack weggefegt, wegamputiert werden!

Was die heutigen Denker uns liefern, ist fade kalte Sauce.

„Vieles, ganz nahe der Wahrheit, ist ungeheuer fern von der Wahrheit." (Ludwig Hohl)

Die Staffelei des Lebens kennt unendlich viele Farbmischungen. Ich weigere mich, verbittert zu werden!

Heute musste ich dröhnend lachen, da ich restlos verzweifelt war.

Man sagt mir immer wieder nach, dass ich Leben für zwei hätte, ha, warum auch nicht? Doch zutiefst in meinem Innern ist es des Öftern ganz anders: Ich befürchte, ich lebe kaum mehr mein eigenes Leben, sondern nur noch alles in Bruchstücken von Stunde zu Stunde.

Die überschäumende Lust zu leben, die ich zeitweilig immer noch habe, habe ich nur, weil ich auch die schrecklichsten Verdunkelungen des Lebens, den tödlichen Leim der Depressionen kennen gelernt habe.

Ich lernte die höchsten Ekstasen des Lebens kennen – und bezahle dafür mit meinem Leben, im Sog des Abgrunds. Ich suche mehr und mehr, da in mir altes brodelt und kocht und wütet, die Harmonie – IM HASCHEN NACH WIND – im gebenedeiten Schweisz der Luszt, ein „alleines" Gefühl im Werden und Vergehen, eine intensive, leidenschaftliche Innigkeit mit dem Kosmos! So ist das halt.

Ich leiste mir den (etwas versoffenen) splendiden (spleenigen) Luxus der Individualität (vor dem Abscheu des Allgemeinen).

Ich jongliere virtuos vor dem Abgrund.

Ich liebe die Kunst, das Rodinsche Höllentor, Opern, Gedichte, kleine straffe Mädchenbrüste, apfelrunde Ärsche, leuchtturmschlanke Phallen, wuchernde Schamhaarwäldchen, dorisch schöne langschäftige Beinschenkel, nackte Rückensinfonien, Wasser-und- Dampf-Fontänen der Erektionen, Flusslandschaften der Geilheiten, die Sonnenkorona der Lust, die Hügellandschaften der zwetschgenrunden Hoden, den gotischen Glockenturm des steifen Schwanzes, die Schirmquallenhöhlen der Mösen, die Kerbtäler des nackten Körpers (immerzu), die Elegien des Orgasmus, die Berauschungen des Luststöhnens, die Anbetungen der Seelilien, der Braunalgentange und der Goldschnecken, die Testamente der Mehlmotten und der Grillenschaben, den grossen niederländischen Philosophen Spinoza, Diogenes und Sartre, ach, mein Schwärmen findet niemals ein Ende!

Ich bin polyexistenziellsexuell.

Mein neunzehnjähriger Sohn Ives ertrank in der Nähe von Montpellier im Meer, mein chinesischer Freund Shi Zuzhao wurde ermordet.

Ich lebe mit Rippenquallen, Afterasseln, Gelbbauchunken, Engeln und Teufeln, wie es auch sei, ich messe niemals spiessbürgerlich ...

Es geht mir nicht darum, ob ich in der menschlichen Gesellschaft verstanden werde oder nicht, ha, darauf hohnlache ich genüsslich.

Die ersten Vögel pfeifen draussen bereits, ich liebe es, von der Nacht in den Tag hinein zu vögeln.

Viele Menschen sehen die Schöpfung und das Chaos als Gegensätze; diese Ansicht darf ruhig über Bord geworfen werden, denn ich bin dafür, die Schöpfung als Chaos, das Chaos als Schöpfung zu sehen – in einer unteilbaren Einheit.

Je intimer, desto lebenswerter.

Wir leben alle in Zwängen der Familie, des Berufs, der Gesellschaft, der Kirche, der Politik, der Gewohnheiten, der Termine. Diese Fremdbestimmungen sind dazu angetan, unsere individuelle Freiheit zu morden, uns zu Popanzen, zu Marionetten, zu Vogelscheuchen des tristen Alltags (mit seinem ewigen Gelderwerb) verkümmern zu lassen.

Vielleicht sind wir kaum mehr fähig, uns einzugestehen, wie sehr Mächte der Erziehung, des so genannten Anstands, uns tyrannisieren.

Fest umrissene Lehren, Dogmen einer jeglichen Richtung sind mir suspekt, lehne ich ab.

Mein Versuch, Alternativen zu den Versteinerungen der Konventionen, der Institutionen aufzuzeigen, begründet sich in nichts ausser in meinen Leidenschaften.

Ich glaube, man verzeiht sich in der Lebensmitte (und im Alter) alles – ausser nicht richtig (intensiv, leidenschaftlich) gelebt zu haben!

Gewiss ist es einfacher, zum Leben, wie es sich nun mal darbietet, Ja und Amen zu sagen. (Doch diese billige „Einfachheit" lehne ich ab.)

Kuschen wir vor dem Arbeitgeber, respektieren wir ein paar letzte lächerliche, hohle, verlogene Konventionen der Kirche, denken wir blöde vom Militär als Friedensstifter, akzeptieren wir die Moralvorstellungen der gängigen Gerichte und wir haben keine Probleme. Doch so verpassen wir unser eigenes Leben, vergewaltigen wir (ohne es zu ahnen) unsere eigenen Ansichten, die wir eigentlich hätten, wüssten wir nur (endlich) davon.

Wir leben auf keiner Insel, wir müssen uns anpassen. Doch selbst in der Anpassung gibt es Bereiche, Bezirke der individuellen Freiheit.

Wir alle haben Beziehungen, Termine, Verpflichtungen, doch ich liebe es, von den befreienden Zuständen des Chaos zu reden, vom Milieu des Unbehausten, Nicht-Urbanisierten, von den Seelenwüsten des Eros, von den Grenzen und Grenzenlosigkeiten des Ichs, so als ob es keine Zeiterfordernisse, keine Zeitdominanten gäbe. Mit diesen Ansichten wurde ich eigentlich von keinem Menschen ermutigt; man schalt mich einen Narren und Ignoranten. Ich überlegte viele Jahre lang und kam zum Schluss, dass ich trotz allem das Chaos, das Glück liebe.

Seien wir keine Sklaven der vorgegebenen Ordnungen, bleiben wir nicht versteinert in den Gesetzmässigkeiten der eindimensionalen Ansichten der Nachbarn – lösen wir uns auf das hin auf, was uns ausmacht: ein unverwechselbares Individuum zu sein im korrumpierten Brei der prostituierten Gesellschaft, im tödlichen Dschungel der Fremdbestimmungen.

Das Chaos ist eine offene Grösse. Das Chaos ist fast wie ein Mythos. Wir leben in Kosmogonien. Beim Sonnenaufgang ist alles neu. Die Beklemmungen der Nacht weichen dem Optimismus des Lichts.

Sind meine Gedanken auf das Leben übertragbar?

Hören wir endlich auf, unser Wissen auf das auszurichten, was andere sagen. Tief im Innern wissen wir – spüren wir –, dass wir urunverwechselbare Menschen sind. Was die Eltern, was ein Pfarrer in den versteinerten Kirchen, was die undurchsichtigen, schlangenaalwendigen Gesetze in den Windrichtungen der jeweiligen Macht sagen: Was geht das mich an? Richtlinien sind horizontlose Befehle von Feldweibeln (Achtung: still gestanden!) – sie gehen am eigentlichen Leben vorbei.

In den grossen Fragen des Menschseins, von Werden und Vergehen, von Welt und Leben sind wir blind gläubig; wir tun immer noch so, als wären wir in der Steinzeit (oder im Kindergarten). Wollen wir da stehen bleiben?

Nach Homer liegt die Ursache für alles Werden in den Meergottheiten Okeanos und Thetys sowie im Wasser überhaupt, im Strömen des Wassers, in der Brandung des Ozeans; bei Hesiod erscheinen das Chaos, Äther und der Eros als die Uranfänge des Alls. Ich liebe die Vergänglichkeit von Leben, Lust und Qual, Gelingen und Scheitern, Schicksal, Zufall und Notwendigkeit; dies ist eine Leidenschaft der Verantwortung, der Ordnungen und des Mythos – meiner individuellen Lebensformfindung.

Ich denke, und darum ist das Chaos. Voilà.

Menschliches Erkennen meint immer eine Gesamtauffassung von Struktur und Ziel, von Sinn und Wert, von denen die ursprünglichen Deutungen und Auslegungen der Einzelurteile und individuellen Entscheidungen abhängen – Sinnlichkeit als Ergänzung des Verstandes; Wahrnehmung der grenzenlosen Welt in der schonungslosen Gegenwart.

Der Kosmos ist eine Frage der jeweiligen Interpretation, bilden wir uns bloss nichts darauf ein. Ob die Erde eine Scheibe oder eine Kugel sei, konnten wir erst seit Kurzem beantworten. Wir helfen uns erbärmlich mit dem fragmentarischen, wankelmütigen Wissen, um uns klar zu werden, was wir denken sollen. In fünfhundert Jahren werden wir vielleicht wissen, dass unsere Milchstrasse bloss ein Molekül eines grossen kosmischen Tiers ist ...

Tun wir bloss nicht so, als ob unsere bekannten Ordnungen festgefügt seien. Die heutige Physik weiss auch nicht viel mehr, als dass alles im Fluss sei. Panta rhei. Im Grunde genommen wissen wir Modernen nicht viel mehr als die Menschen vor Tausenden von Jahren. Einmal ist das Atom unteilbar, später wird es teilbar. Einmal ist der Kosmos begrenzt, dann wieder grenzenlos, sogar sich ausweitend, ins Nichts rasend, dass einem der Atem vergeht. In den Ansichten über die Welt gibt es kein gültiges Amen, keine zum Vornherein festgefügten Glaubensüberzeugungen. Alles ist wahr und alles ist falsch.

Das Chaos ist eine feste Grösse; wer es „darunter" haben möchte, verfängt sich in infantilen Milchrechnungen.

Die Fülle des Seins, der Liebe sprang mich an; das war die Stunde, wo ich alles verlor.

Chimärenerwachen – endlich!

Per saldo ist alles offen, nicht bilanzierbar. Mit diesem Widerspruch zu leben schafft geistige Freiheiten, hat man sich erst einmal damit befreundet.

Wer selbstständig zu denken beginnt, beginnt das Chaos zu lieben. Antworten des Katechismus sind unhaltbar, ja sogar lebensfeindlich. „Du sollst – du musst – du darfst nicht ..." usw. dürfen getrost als blamable Verknöcherung der Orthodoxie, der Systemversteinerungen, der Gesellschaftslügen (mit ihren spiessigen Moralvorstellungen) abgetan werden. Zutiefst muss ich nichts sein – darf ich das werden, was ich bin.

Werfen wir die Fremdbestimmungen über Bord, tauchen wir ein ins Chaos: Was undenkbar war, wird möglich.

Wegweiser weisen nur auf die abgesicherten Wege und Pfade, sind Instrumente der Touristen. Fernab von allen gängigen kleinen Zielen – im Urwald des Neuen – gibt es keine Wegweiser, ist jeder auf sich selbst angewiesen, auf seine Instinkte. Dies verunsichert bloss am Anfang; sehr bald merkt man, dass die Ungewissheit schöner, faszinierender ist als der kleine Stadtpark.

Wem die Augen aufgehen, der sieht, dass die Ordnungen nur Täuschungen sind – dass das Chaos (ohne jedes Gitter) lebenswerte Abenteuer bietet, von denen sich der Schulmeister nichts träumen lässt.

Das Chaos ist eine quellsprudelnde Lebensqualität, die das Kleinkarierte nicht bieten kann.

Am Anfang der Ichfindung ist es vonnöten, alle Ordnungen wegzuwerfen und in den Ozean des Chaos einzutauchen.

Die Entdeckungen im Chaos werden herrlich sein.

Am meisten Missbrauch wurde mit „Gott" und „Ich" getrieben: lächerliche Illusionen zuhauf.

Der Vogel setzte sich auf den nahen Baumast – wir sahen uns an; nun ist mir jeder Atemzug ein Geschenk.

Träumen wir endlich unsere eigenen Träume! Wagen wir das zu leben, was unsere Träume in unserm Schlaf zu uns sprechen. Leben wir unser Albtraumchaos in unserm Innern.

„Der Mensch ist ein verpestetes Schif und mus im Grabe Quarantäne halten." (Jean Paul)

Ratlos zu sein ist ein wunderbares Gefühl.

Mit einem Glauben verfehlt man Gott meistens; ohne Glauben besteht eine kleine Möglichkeit, ihn zu erhaschen.

Ich tauche von den herrlich monströsen Romanen von Patrick White immer wieder in die geliebten Tiefen der Vorsokratiker, in die platonischen Dialogklötze, in die Mythologien Homers und Hesiods, in die Orphik und die Kosmogonien Thrakiens und Dionysos, in die Gedankenwelten der Milesier und Pythagoreer, zu Heraklit und den Eleaten, zu Anaxagoras und Sokrates, ach, es ist ein Lebenslustdenkfest der unvergleichlichen Art – da kommen die heutigen dümmlichen Medien und asthmatischen Kommunikations-Codes civil kein bisschen heran.

Gioconda Bellis Gedichte und Romane begeistern mich ungeheuerlich.

„Da richtete ich mein Sinnen darauf, Weisheit und Wissen, Torheit und Unverstand zu durchschauen. Da erkannte ich, dass auch dies nur ein HASCHEN NACH WIND ist", lese ich bei Kohelet, dem Hymniker der Nichtigkeit, geschrieben in einem Rabennest, in einem Krähenwinkel der Weltgeschichte vor zweieinhalbtausend Jahren ...! Da atme ich befreit auf. Das ist individuelles (existenzielles) Denken, wovon in unserer idiotischen massenwahnmodischen Vergnügungsgesell-. schaft nichts zu finden ist.

In all meiner Verzweiflung kann ich es bestens, die Welt zu lieben, so wie sie ist.

José Orabuena, „Das Urlicht. Die Geschichten des weisen Elias": eines der bewegendsten Bücher meines Lebens.

Ich betrachte die Geisselkammer eines Süsswasserschwamms, die Mandalasymbolik, die Ganglien der Lust – und kann nicht anders, als zur Doxologie der Welt, des Seins vorzustossen (so ist das halt bei mir).

Mit zunehmendem Alter werde ich wacher und wacher; es krabbelt und kribbelt in mir vor Leben! Ich möchte von so vielem singen, dass ich mindestens noch zehn Leben bräuchte.

Akzelerieren kann man im schöpferischen Prozess nichts, es ist alles Retardation – Wachstum, was eine Menge Zeit braucht.

Mich verzückt immer wieder, wenn ich daran denke, dass Jean-Paul Sartre als Einziger den Literaturnobelpreis abgelehnt hat.

Wer unter das Reflexionsniveau der Zeit geht, hat als Künstler keine Berechtigung, der ist bloss eine rosarote Sahnetorte, eine Vogelscheuche, ein Popanz der Lächerlichkeit, ein Kitschzuckerguss.

Mit Nullen befasse ich mich grundsätzlich nicht.

Ich schreibe weiterhin meine Gisiaden und ob das jemand interessiert oder nicht, ist mir völlig egal.

Ich erlebe in meinem Altern so etwas wie einen Frühling, da ich halsüberkopf verliebt bin, leidenschaftlich liebe.

Gewiss ist, dass meine „Bindung" an die „Normalität unserer Zeit" nicht sehr fest ist.

Gegenpositionen sind für mich wie frischer Wind.

Normen ändern sich in den Jahrzehnten und von Volk zu Volk, und ob diese auch „gut" seien, steht auf einem andern Blatt geschrieben.

Wenn in einer Gruppe von zehn Menschen neun „spinnen", so spinnt der Zehnte, der nicht spinnt.

Normen sind immer Massen(wahn)phänomene und des Unguten.

So genannte Normen und Abnormitäten sind Variablen, die selten viel mit dem moralischen Denken (und der Ethik, der Philosophie) zu tun haben, eher mit kurzgeschlossenen „Mehrheitsabmachungen" der Macht und mit modischen Verkümmerungen.

Für alles gibt es unendlich viele Gegenargumente.

Ich bilde mir nicht ein, dass meine Kapazität zu denken sehr gross ist – dafür aber unrüttelbar eigenständig.

Mit meinen Überlegungen komme ich zum Schluss, dass all diese vielen gesellschaftlichen Beziehungen ein Stuss sind, eine Lächerlichkeit grandiosen Ausmasses – zutiefst verlogen.

Dass wer A sagt, auch B sagen muss: das ist hirnrissig, logisch nicht haltbar.

Die „gängigen" Denkweisen sind nichts anderes als Spreu, als Vertrottelungen, eine Perfidie der Macht, um die Mehrheit ohnmächtig zu halten.

Die Schamhaarfilzlaus kümmert sich nicht um die Gesetze einer Religion, sie lebt.

Was die Gesellschaft, die Norm, der Spiesser über mich sagen, kann zum Teufel gehen, zählt für mich nicht.

Dass ich mit zunehmendem Alter dionysisch bacchantisch hemmungsloser als früher geworden bin, ist mir freudig willkommen.

Der Kosmos ist tödlich gross – unmenschlich.

Wir sind vergänglich. Sterblich. Wie liebe ich das!

Es gibt über zwanzigtausend vielseitige Briefe von mir: Makulatur! Es wird davon kaum etwas überleben, sapperlotnochmals, dies macht mir nichts aus.

Ich weiss nicht, was ich sagen möchte, vielleicht: ich bin (wie Rimbaud) *viele*; und das gängige Literatengeschäft unserer Zeit ist mir ein Hohn.

In mir wächst, je mehr ich untergehe, die Gelassenheit.

Oft weine ich, wenn ich sehe, wie schön, wie herrlich die Erde, die Welt ist – sogar innerhalb einer gefühlsfeindlichen, geistlosen, tobsüchtigen, blutrünstigen Menschheit.

SELBST-Erkenntnis ist immer auch GOTTES-Erkenntnis, so denke ich upanishadisch; die Welt wird erst zutiefst im Menschen Welt, wenn er sie annimmt – wenn die Flamme der Erkenntnis eiskalt wird und das Selbst heiss zu brennen beginnt (unabsehbar verbunden im EINEN).

Wenn ich mich nicht in die Upanishaden vertiefen könnte, würde es für mich tödlich kalt sein. Dieses Studium hat mein geliebtes Kätzchen Maunzli längst hinter sich, ich sehe es, wenn sie mich anblickt und miaut. Deshalb springt und klettert sie so vergnügt umher. Sie lebt eine Zeitlosigkeit, eine totale Gegenwart, von der ich erst zu träumen wage.

Ich hoffe, ich habe den Puls der Veden zu spüren bekommen.

Die Gottesfrage kann für uns Menschen eigentlich nur eine Menschenfrage sein, Gott als DIE EXISTENZ ohne Ursache und ohne Ziel, einfach absolut komplex und gegenwärtig in sich ruhend; – und diese EXISTENZ kann in einem jeden Menschen organisch zum Guten hin wachsen (ansonsten gibt es Gott nicht). Also kein philosophischer Gottesbegriff, kein eingreifender oder abwesender Gott (oder so), sondern als die wundervolle Möglichkeit, ihn in sich werden zu lassen.

Das menschheitsweite Sichabschlachten kann niemals von Gott geschaffen, gewollt sein können, das ist empörendste Menschen(un)art, deren sich Gott schämt.

Zutiefst im Menschen gibt es keine Verschiedenheit des Menschen zu den Einzellern und zu den Galaxien – diese Unterschiedslosigkeit nenne ich göttlich.

Ich würde mich am liebsten in eine Einsamkeit zurückziehen, um ungestört über mich und die vielen Welten rund um mich und in mir nachzudenken.

„Ebenso geschieht es, dass, gleichwie, wer auf einen Stein als Widerstand trifft, zerstiebt", lese ich im Chandogya-Unpanishad des Samaveda.

Die seelischen, zwischenmenschlichen „Wetterverhältnisse" bleiben immer unsicher, unbeständig, nur bedingt voraussehbar.

Ich vertiefe mich in die Lyrik und Briefe der Emily Dickinson.

Arthur Schopenhauer beginnt in seinen „Parerga und Paralipomena", in seinem ersten Kapitel „Skitze einer Geschichte der Lehre vom Idealen und Realen", so:„Cartesius gilt mit Recht für den Vater der neuern Philosophie, zunächst und im Allgemeinen, weil er die Vernunft angeleitet hat, auf eigenen Beinen zu stehen, indem er die Menschen lehrte, ihren eigenen Kopf zu gebrauchen ..." – Was für ein herrlicher Auftakt dieser vier Bücher: ein Fest!

Raphael war nicht unglücklich, verzweifelt zu sein. Seinem Tod, seinem mickrigen Sterben sah er gelassen entgegen, denn noch feierte er die Lust des Daseins, die Lust mit Menschen. Raphael liebte es, lustenthemmt zu lieben – den Erfordernissen der so genannten Vernunft blieb er abweisend gegenüber. Raphael war mein Freund.

Die Flügel sind bleibeschwert – macht nichts, denn auch im Kriechen gibt's Lust.

Im tiefen Himmel hängen dunkle rostbraunrote giftige Wolken wie Tränensäcke riesiger Quallen.

Ich höre Mozarts Messen, die Erde dreht sich tumultuös wild, ein rettendes Ufer gibt es nicht, Benedictus – ich denke an Beethoven und Kafka, beide sehend blind, blind sehend fürs Grösste im menschlichen Dasein.

Ich bekomme in letzter Zeit manche Briefe von unbekannten Menschen, vorab aus Deutschland, merde, das Elend ist gross! Und obwohl ich nur ein kleiner unbekannter Lyriker bin, denke ich mir, dass ich nicht allen zurückschreiben kann – denn dies schadete meinem Werk. Ein Brief braucht eine ganze Nacht! Und meine „wenigen guten" Nächte brauche ich für mich persönlich, für mein Werk. Jeder Brief, den ich bekomme, stürzt mich in ein riesiges Dilemma, denn mit drei, vier Sätzen kann ich nicht antworten. Auf „schwierige" Briefe antworte ich jedoch immer, nur leichtfüssige werfe ich unbekümmert zerfetzt in den Papierkorb.

Ich sehne mich nach einer Zurückgezogenheit, in der ich keine Post mehr erhielte, in der ich mich nur den Upanishaden, der Bibel, den tibetischen, buddhistischen Schriften, den künstlerischen, astronomischen, zoologischen und botanischen Betrachtungen und der Philosophie widmen könnte.

Was Kabarettisten und Politiker tun und lassen, geht mich beileibe nichts an.

Jetzt ist Maunzli, mein geliebtes Kätzchen, auf meinen Schreibtisch gesprungen und schnurrlet und murrlet wie verrückt, ihr Näschen an meiner Hand reibend. Ich liebkose ihr samtenes Fell, ihr Wesen. Sie versteht mich, ich verstehe sie. Sie ist ein Wunder für mich!

In meinem hohen Alter erlebte ich schon viel, Tausende von Gesetzen, Anschauungen, Widersprüchen, Syllogismen, Illuminationslehren, Dualismen, Utilitarismen, Ästhetiken, Diskursivitäten, Identitäten und Identitätsaufspaltungen, peripatetischen Gaukeleien, Weltanschauungsperspektiven, Zenonschen Apologien usw., doch *wir sind alle Seeräuber des Augenblicks.*

Ich liebe es zu leben in den Talsohlen der Gedanken, in den Gefühlen des Sternbilds Walfisch, zu lachen in den Träumen der Grabheuschrecken.

Es gibt männliche und weibliche Blüten, die Botanik ist ein Fest, der Birkenpilz lacht in der Vergänglichkeit. Die Silberpappel umarmt das Weltall, das Sternbild Schlange träumt von Gott (so wie Schubert).

„Und preise die kühlende Liebe der Luft" wusste Rose Ausländer in einem Lyrikzyklus …, oder „Ich liege unter dem Eis ausgestreckt / in einer Haut durchsichtigen Lichts" lese ich bei Sarah Kirsch. Wunder über Wunder!

Meine Gedanken umfassen ein paar hunderttausende Jahre und sind dennoch bedeutungsloser als die kleinste Springspinne.

Einst war ich sehr gescheit, nun *b i n* ich nur noch.

Der Cantus firmus meines Lebens heisst niemals veränderbar LIEBE.

Mit zunehmendem Alter werde ich leidenschaftlicher denn je – von Altersmilde kann bei mir keine Rede sein.

Dort, wo allerlei niedrige Mittel, Einverständnisse, Koalitionen, wirtschaftliche Machtlobbys usw. angewandt, ausgespielt werden, ist von Politik zu reden. Parteien übertreffen sich im Gezänk; die höchsten Bestrebungen des menschlichen Geistes vertragen sich nicht mit dem Erwerb. Staatsphilosophie ist zum Gruppenegoismus verkommen. Politiker, die im Vorfeld der Wahlen um Mehrheiten buhlen, disqualifizieren sich zutiefst selbst. Eigentlich ginge es um die Freiheit des Menschen, um das Verhältnis des Idealen mit dem Realen. Es ginge um Seelenführung, Aufbau von Werten, nicht um Seelenfang, Merchandising von populistischen Verkürzungen; gesellschaftliche Probleme verkommen heute parteimonolithisch zu Propaganda.

Es gibt viele Tyranneien! Kommen die Parteien an die Macht, die Potentaten, die nur die Macht des Stärkeren kennen, werden die Gesetze zur Gesetzlosigkeit, zur Willkür – und davon ist auch eine Demokratie nicht gefeit!

… Politiker mit ihren Killerinstinkten …

Parteisache ist nicht unbedingt Staatssache. Hobbes sprach von *cupiditas naturalis*, von der naturhaften Begierde: Inwieweit haben sich die einzelnen Parteien von diesem zweckgebundenen Egoismus gelöst? Inwieweit unterdrückt das Recht der Macht das Individuum? Eines Rechts, das von einer jeweiligen Gesellschaft, als willkürliche Variable weniger Jahrzehnte, triumphal als Rechtsmoral gefeiert wird?

Politik wäre ein dynamisches Abwägen zwischen Individuum und Gemeinschaft, Autorität und Freiheit.

Welche Faktoren führen zu einem stärkeren oder geringeren Gewahrwerden des Gesellschaftlichen? Gäbe es vielleicht gar psychoanalytische Terminologien, die uns hülfen, etwas über Politik auszusagen? Die moralische Verantwortung bzw. das ethische Problem des modernen Menschen geht kaum über die Moral eines Kopfjägers hinaus; es gilt, was mir nützt. Der Mensch ist aus der Natur entwurzelt. Doch die Autorität des blinden Gehorsams ist verwerflich. Die „Vernunft" eines Staates ist irrational. Kein Mensch dürfte – nach Kant – zum Mittel für die Zwecke eines andern eingesetzt werden.

Mit andern freiwillig konform zu gehen, ist kein Zeichen der Gleichberechtigung. Der Mensch müsste sich im Staat als sich selbst erleben. Und der Staat müsste die Rahmenbedingungen schaffen, damit ein jeder Mensch sich selbst erfahren darf. Der Staat als Möglichkeit, als Methode, individuelles Verantwortungsbewusstsein und Pflicht lebbar zu gestalten. Man müsste sich fragen, was es existenziell hiesse zu *geben*? was zu *nehmen*? „Man erschafft sich selbst, indem man das Ding erschafft", lese ich bei Jean-Paul Sartre („Entwürfe für eine Moralphilosophie"), und was hiesse das auf die Politik bezogen? Es hiesse vielleicht, dass der Staat mich leben lässt, dass Politik hiesse, dass das Individuum wichtig sei. Derart wichtig, dass alle andern „allgemeinen" Überlegungen nichts taugen. Das Gute bewahrt seine individuelle Universalität, das Böse ist abhängig von Gewinnabsichten.

National eingefärbte Wirtschaftspolitik muss eher als Verwahrlosung eingestuft werden, die praktische Verwertbarkeit des Geldes dürfte die Politik nicht ausmachen.

Bei Aristoteles wäre ein Staat ein Grossunternehmen nicht nur in Wirtschaft, also im Handeln (im Sich-in-Vorteil-zu-setzen), sondern auch ein Etwas, das sittlich und geistig kultiviert.

Der französische Staatsrechtler Bodinus, Jean Bodin (1533 bis 1596), meinte (und das ist gefährlich), dass die Staatsgewalt Gott und dem natürlichen Recht verantwortlich sei und dass es dafür (und das ist befreiend) keine Richter auf Erden geben kann.

Wie vermöchte man menschliche Imponderabilien schlüssig auf Gottes Sache interpretieren? Wer könnte sich dies anmassen? (Man lese in der Weltgeschichte.)

Dass ein jeder Bürger seine Chance wahrzunehmen vermöchte – in Bezug auf „Rechnen und Sternkunde und Messkunde und Musik" (Platon, Protagoras), wäre das nicht auch Staatssache?

„Das All nur schaut der Schauende", steht in den Upanishaden; sind wir heute gescheiter geworden? Wissen wir mehr? – Es sieht nicht so aus. Unsere Hunderttausende Gesetze sind frei (absichtsvoll) interpretierbar, widerlegbar, ein jedes Gericht legt sie anders aus, plaudite amici. Der Arme kann sich das Recht nicht erkaufen, der Reiche lacht in seinem gekauften Recht.

Wo bitte, wäre der Staat? Der Staat, der Recht spricht?

Parteimaximen sind starr und meist kopflos (will sagen: eindimensional), was zu nichts anderem als zu (Denk-) Regressionen führen kann; anstatt das Leben zu lieben (unsere paar Jahrzehntchen, in denen wir leben), beherrschen stumpfsinnige Maximen unser Leben, die bei volksdussligen Parteien zu ausschliesslichen Proklamationen schrumpfen. Gruppennarzissmus darf ruhig abschätzend als nekrophil diagnostiziert werden. Das Äquivalent „Blut, Boden, Familie, Staat" verdeutlicht die Tendenz, nicht erwachsen werden zu wollen, denn „Erwachsen" heisst zutiefst frei zu werden für die Freiheit, unabhängig von allen symbiotischen Abhängigkeiten. Ich denke mir, dass es gelte, humanistische Orientierungen zu pflegen, situativ den Menschen ins Zentrum zu rücken, den Menschen mit seinen Nöten und Bedingungen. – Und was hat da eine Partei verloren?

Parteien operieren jeweils mit Macht (und Anbiederung), andere Argumente kennen sie kaum. Organisches soll vermaledeit nochmals anorganisch werden; das Organische will leben, blühen, reifen, singen, sich entfalten, sich auffächern, Organisches kennt keine sturen Regeln, kein blind gewordenes Rezept. Parteien tun so, als ob sie auf Fragen der Kommunität taugliche Antworten hätten, als ob es im polyvalenten Zusammenleben Patentlösungen gäbe. Parteien bieten meist bloss Versteinerungen anstatt fruchtbringendes Chaos (so wie das Leben halt nun mal ist) ...

Das Leben nimmt niemals Partei für oder gegen etwas, sondern einfach immer für das Leben. Auch in der geordneten Sozietät heisst das einzige Agens FREIHEIT, und damit ist die Freiheit des Individuums gemeint, die Freiheit des Einzelnen, des Armen.

Die Politiker vergessen, was Politik eigentlich hiesse; schon Gorgias, der alte Grieche, wusste, dass Politik leider verwerflich viel mit Überredungskunst zu tun hat („die Rede ist wie ein Gift, mit dem man alles tun kann").

Platon stellte Überlegungen an zu Machtstaat, Staatsmacht und Rechtsstaat – und wurde schweigsam, denn wo verlaufen die Grenzen zwischen individuellem und kollektivem Egoismus?; es geht so oder so immer bloss um die Macht des Stärkeren.

Meist sind Gesetze bloss blamable Parteisache und nicht Staatssache. Niemand, so meinte Platon, dürfe sich einer solchen Staatsführung fügen.

Individuum und Gemeinschaft, Autorität und Freiheit sind sich, existenziell gesehen, nicht feindlich gesinnt, sondern ergänzen sich.

Der Staat ist (wiederum nach Aristoteles) nicht einfach eine Gerümpelkammer, in der man sich bedienen darf, sondern ein dienendes Gebilde, das versucht, sittliche Wertvorstellungen zu geben, immer in grosser Freiheit und Achtung vor Andersdenkenden; und da ist nicht zu vergessen, dass der „Staat" immer bloss mechanistischen

Charakter haben kann, dass er (macchiavellistisch gesehen) unmoralische Mittel einsetzt und unmoralische Zwecke verfolgt.

Politiker als Ränkeschmiede von Einseitigkeiten, als Propheten des Egoismus: Das verfängt bei der Mehrheit der Menschen leider immer noch.

Die Verfilzungen der Politiker mit der abzockenden Wirtschaft, das ist echt dégoûtant!

In der Geschichte der Menschheit zeichnen sich Politiker wenig mehr aus als Kriegsgurgeln: Sie führten Kriege herbei, konnten keine Kriege verhindern, wünschten sich sogar Kriege (was nekrophil zu nennen ist). Im Gegensatz dazu biophile Menschen: Da wird getanzt, da wird gesungen, da wird einander geholfen, da wird das Fremde liebend akzeptiert, und das nicht utopisch! (Parteiengezänk hat bei offenen Menschen wirklich nichts zu suchen.)

Das Wort „Heimat" dürfte wie das Wort „Held" nicht mehr verwendet werden, denn es ist zu nahe an Hektolitern Blut.

Global gesprochen: Es gibt die Sprache des Mythos, der Märchen, der Rituale, der Träume. Ich sehe einen Menschen und frage ihn, wie er *heisst*. Ich kümmere mich um seine Abneigungen, seine Zuneigungen, seine Hoffnungen.

Parteipolitik ist infantil, menschenfeindlich!

Politik müsste eine parteienlose polyperspektivische Angelegenheit aller Menschen sein. Lebbar für alle Menschen!

Politiker und Parteikasperl wollen sich selbst bereichern. Wir Parteilosen sind in der Mehrzahl; passt auf, Politiker, eure unrühmlichen Tage sind gezählt!

Die heutige Literatur ist bloss noch ein Geschäft, reagiert auf die marktwirtschaftlichen Gesetze des Kapitalismus, und damit habe ich, hat mein Schreiben beileibe nichts zu tun.

Auf „Angebot und Nachfrage" ist heute alles ausgerichtet, und ich weiss nicht, was der echte Künstler damit zu tun hat. Hölderlin schrieb sein Schicksal, seine Berufung, seine Vezweiflung, seine Gnade, seine Verlorenheit, sein Genie – ausserhalb seiner Zeit – und das trifft noch auf weitere Jahrhunderte zu, sicher so lange, wie es Menschen gibt, die suchen. (Ich könnte auch von Novalis usw. reden.)

Gewiss, ein politischer (gesellschaftsprüfender) aktueller Bezug darf in der Literatur durchaus auch sein, doch mich interessiert das wenig. Es geht mir um den Mikrokosmos, um den Makrokosmos des Menschen in seinen Nächten, um die mystischen Kantilenen der Lust, die Askese der Dämmerungen.

Den Spannungsbögen von Idealen und Urbildern, Mythos und Logos, Stoff und Form (wie bei den Milesiern und Pythagoreern) nachzugehen, über (scholastische) Dialektik und Antidialektik, über Leibnizische Kausalität, Individualität, Personalität, die romantische philosophische Schule von Schelling, Schleiermacher, Fichte, Hegel, über Schopenhauer, Nietzsche und Sartre (usw.) nachzudenken, das bringt mir mehr, als in den Zeitungen, diesen dummen merkantilen kleinbürgerlichen Absonderungen (mit den Inserentenhörigkeiten), zu lesen.

Der ganze heutige Kunstdiskurs ist völlig verengend auf den saisonalen Erfolg, auf den oberflächlichen Event ausgerichtet.

Was für ein Genuss, die Liebesbriefe (1773 bis 1776) der Julie de Lespinasse zu lesen!

Dass eine Geschichte, eine Novelle, eine Erzählung, ein Roman, ein Essay, ein Gedichtbuch verkauft werden muss: wer sagt das? Da sollte man doch lieber Schnürsenkel, Rhabarberkompott, Kohlrabi oder ein Computerprogramm anbieten, voilà.

Ein blühender Apfelbaum fragt nicht nach dem Nutzen – das fragen sich nur die doofen Menschen (die aufs Portemonnaie schauen).

Ein Kätzchen schnurrlet – da ist der Kosmos in der (göttlichen) Balance.

Die Natur kennt keinen Zweck, keine „Mittel für...", sondern einfach das Kunstwerk, die Schönheit: die Herrlichkeit vor dem Schöpfer.

Ich kenne die (normalen) Anforderungen des gesellschaftlichen Lebens, doch sie sind mir ein Graus, ich lehne sie ab.

Im Abgrund, im Tornado der Verzweiflungen denke ich, dass nur die Doxologie zählt.

Wie liebe ich das Kafkaeske, es peitscht mich ungeheuerlich auf, doch ich sehe auch, es gibt es wesentlich: das Einfache; deshalb liebe ich auch Werner Bergengruen, Peter Bamm, Wilhelm Lehmann (die heute, nicht verwunderlich, völlig „weggefallen" sind).

Vielleicht schreibe ich einmal meine Lebensgeschichte, in der ich mein Leben kapriziös differenzieren, antönen, verwerfen, umschichten, ausmalen, benoten, einfärben, formen und umformen kann, gerade so wie ich will. (Dass ich der „Wahrheit" ein Schnippchen schlagen würde, versteht sich von selbst.)

Ich bin eine allerkleinste Laus, ein Wurm – doch diese wissen was zu erzählen!

Es gibt keinen Menschen, der befähigt wäre, meine Biografie aufzubauen, es liefe alles in die Irre. In die pektoralen Irrungen und Wirrungen meiner Nächte konnte noch kein Mensch Einsicht nehmen, geschweige denn in die cardialen Herzmuskelfasern.

Eine einzige Weisse Teichrose wiegt alle Bestseller auf; wer weiss das auch noch ausser mir?

Ich bete die purpurroten Blüten des Rosmarin-Seidelbasts und die Träume des Grossen Drachenflossers an.

Die unendliche Vielfalt der kosmischen Schöpfung ist mein Gebet, und davon möchte ich singen.

Ich mag das Bodenverhaftete mit seinem Bierdeckelhorizont nicht. Ich fühle mich befreit, wenn ich den Boden unter den Füssen verliere.

Auch wenn ich die Psychoanalyse liebe, was bedeutet sie angesichts eines Schwarzen Lochs, einer Spiralgalaxie? Alors, verlieren wir die seinsexistenten Perspektiven nicht.

Die Asselspinne ist eine Freudenträne Gottes. Was gehen mich da die kümmerlichen Pseudoerfahrungen und -erlebnisse eines Zeitgenossen an, der glaubt, seine punktuelle Emanation sei die Welt, und der nichts weiss von den grossen Fragen nach Wesen und Sinn der Menschheitsgeschichte im Ganzen, von der Ambivalenz von Liebe und Hass, von der Zerrissenheit, von der Harmonie.

Ich beschäftige mich mit den Fronten von Wärme und Kälte in den Ober- und Unterflächenströmen des Atlantiks, mit den oszillierenden Diagrammen der Tiefdruckgebiete und Monsunbereiche des Indischen Ozeans, mit den Grundlagen der Botanik und der organischen Chemie, mit Muscheln und Quastenflossenfischen und Amphibientieren, mit Abkurrligkeiten aus der Welt des Paläozoikums mit seinen Wirbeltieren und Drachen.

Die Welt heute ist vertrocknetes Ödland, zusterbendes Nichts, betäubte Angst, skrofulöses Mittelmass.

Ich höre nur Politiker, die quarren, unverdaubare Experten, deren Naivheit obszön zu nennen ist, Miethlinge von Platitüden, Leibrockbefrackte aller Ideologien, Stammtischphilosophen, unzüchtig beklösste Werbestrategen, all die Heloten der Macht.

Es herrscht das Faustrecht der Dummheit.

Meine Zeitgenossen glauben immer noch einschattig, viehisch eindimensional, dass das Gebräu des Lebens so sei, wie sie sich debil, vogelscheuchenausgefranst einbilden. Der Reiche befrisst den Armen, im Raspelhaus der Impotenz rathfragt niemand, wo die sinfonische Freiheit wäre. Allerorten Schleim!

Erkenne dich, wer du nicht bist!

Die Wehtage sind enorm, die Zierlinge des Rosarots feiern sich selbst, alles zerscheitert in den verfilzten Anfängen, verstarrt in den Karstversteinerungen eines bigotten Gotts, und dort, wo das Brandungsgeröll des Geistes sich auftürmt, halten siechkranke Grabheuschrecken Totenwache. Glotzköpfige Spulwürmer singen hochmögend hinterhältisch das Gloria in excelsis Deo, es ist, als ob die Götterdämmerung sich blutleer einfärbte. Der Blutegel lacht.

Ich denke mir, lobesam gebrandmahlt, dass es niemanden gibt, der sich meinen dämonischen, besser, meinen äquatorialen Trockengürteln, meinen Wüsten- und Steppenzonen zuhäusig fühlte.

Literatur als Soziologie? als weinerliche Kindheitserinnerung? Quatsch! Ich schreibe meine Ungeheurlichkeiten, meine Sümpfe und Grossbrände hemmungslos egoman, alogisch und hymnisch, teuflisch aufpeitschend und engelhaft bezirzend, immer auf meine eigene Mitte hin zurasend.

Ich rauche meine neue schwarze Pfeife, trinke spritzigen polyperspektivischen Proseco, der virulent zu Gustav Mahlers „Titan" passt, ich fühle mich implicite mit allen Wesen und Unwesen, Menschen, Archetypen, Gesteinsaufschichtungen, Plattwürmern, Genkombinationen, fadenförmigen Molekülen des Tertiärs und allen Philosophien aller Völker verbunden, wissend, fühlend, dass dies eine prächtige Fülle ist. Doch zuletzt bleibt nur die Operette, wird alles Makulatur, zischen Anfang und Ende unwiderbringlich in den Orkus hinab.

Mir sind die Karrierlinge widerlich, ich liebe die Erfolglosen.

Die Philosophie ist wie eine Asymptote …

Lyrik ist Bildwerdung von Zellen und Quasaren.

Je älter ich werde, desto ausschliesslicher setze ich alles auf den Augenblick der Lust.

Anstatt von Gegensätzlichkeiten wäre es besser von Ergänzungen zu sprechen.

Die Moralvorstellungen meiner Zeitgenossen erscheinen mir als Maden im Käse-Quark-Kuchen der Scheinheiligkeit.

Liebe ist gerade in der Zartheit tief bewegend – das Fernste in der (fraglosen) Nähe.

Wenn es so etwas wie einen „Weisen" gibt, erkennt man ihn an seiner Leidenschaft für den Menschen.

Es gibt für mich nichts Schöneres als die Delirien der Leidenschaften, der Worte, der Farben, der Töne, der Formen.

Nur wer in die masslosen Ungeheuerlichkeiten des Seins geschaut hat, ist fähig, sein Leben zu ändern.

Heute ist, denkerisch gesehen, kein geschlossenes System mehr möglich; alles ist offen, atomisiert; eine Aussage ist immer nur mit der Gegenaussage wahrheitsangenähert möglich.

Nur in der höchsten Lust oder in der dunkelsten Verzweiflung offenbart sich Gott.

Schöne Frauen haben vielfach etwas Maskenhaftes (weil nicht vom Geist gefurcht).

Mir fällt vieles ein – aber niemals, mich dem Zeitgeschmack anzunähern.

Ich befuhr alle grossen Ströme der Welt – *in mir*.

Mit einem kleinen Motorboot fahren mein Freund Etoko und ich kongoaufwärts; im Hafen von Lulonga ankern wir, reiten dann auf zwei Kamelen nach Ikari ans grosse Fest der Göttinen und Götter. Wie ist das Leben doch weit und schön!

Die Gespräche mit Priestern und Astronomen in Tikal, einer der Hauptstädte der Maya im Dschungel Guatemalas, gehören zu den interessantesten Gesprächen meines Lebens.

Du achtest mich gering, wenn du mir Steine ausräumst. Wenn du mich liebst, leg mir Steine auf den Weg.

Dass das Reale und das Irreale etwas Getrenntes seien, ist sehr kurzsichtig gedacht.

Das Ich zerfällt mit zunehmendem Alter ins Ganze hinein.

Landschaften: Lichtlandschaften – Schattenlandschaften.

Es ist ein Irrtum zu glauben, dass man, um die Welt zu sehen, reisen müsse; man sieht die Welt am genauesten in der Stube.

Liebe verbrennt zur grössten Freiheit hin.

Gedankliche Überzeugungen sind fahrlässig – es zählen nur brennende Liebeslustekstasen.

Nichts ist zu schwer, um nicht auffliegen zu können.

Nach dem ekstatischen nackten Tanz mit dir gibt es nichts mehr zu sagen.

Prägungen, Determinanten, Instinkte, normatives Verhalten machen noch keine Wirklichkeiten; Wirklichkeiten haben andere Dimensionen – jene der erschütterten Liebe.

Die „Realität" ist bloss ein *embryonaler* Zustand der Wirklichkeit.

Die Grösse eines Menschen zeigt sich darin, im Wachzustand Unmögliches zu denken, zu träumen.

Manchmal ist mein Kopf völlig leer und dadurch dem Universum nahe.

Kunst verstehe ich als brennende Hingabe an die Totalität des Seins.

Ich mache mich heute Nacht mit meinem jungen afrikanischen Freund Olu nach Kamuli auf.

Der dunkle alternde Gott Verlaine verneigt sich vor Rimbaud, der jungen, strahlenden Hölle.

Gustave Flaubert, George Sand, Jean Cocteau: ein flammendes Dreigestirn meines Lebens.

Ein anderes Dreigestirn, das ich liebe: Paul Valéry, Jean-Paul Sartre, Marcel Jouhandeau.

Und: Honoré de Balzac, François Mauriac und Julien Green. André Gide, Marcel Proust, Anaïs Nin.

Charles Baudelaire, Arthur Rimbaud, Eugène Guillevic.

… und das Dreigestirn Liebe, Leidenschaft, Lust.

Wer zu mir kommt, liebend oder hassend, ist für mich das Absolute.

Unentrinnbar folge ich den kosmischen Feuerbällen, die in mir wüten. Auch wenn ich verzweifelt bin, liebe ich dich masslos intensiv.

Im Paroxysmus der *Liebeslustekstase* gibt es nichts Anstössiges, keine Obszönität – doch die meisten Menschen sind verkümmert in ihrem lauwarmen Sirup.

Der Geist „verklärt", die Lust „verintensiviert" das Leben.

Wer heiratet, versteht von Liebe gleich viel wie eine Kaulquappe von einem späten Beethoven-Quartett.

Literaturwissenschaftler: Hämorrhoiden der Eitelkeit.

Was zählt ausser der Lust: nur die Lust.

Die grossen religionsphilosophischen Fragen wühlten mich jahrzehntelang auf – heute geht es mir einfach noch darum, Gedicht um Gedicht zu schreiben *im Tropfenzähler des Augenblicks*.

Philosophie ist die Kunst, der Wirklichkeit Farben zu geben, das Sein als Bildhaftes zu malen.

Philosophieren heisst erschüttert bleiben über das Dasein, das Sosein, den Schritt tun vom kleinen Ausschnittmilieu des Alltags in den Geheimnischarakter des grenzenlosen Universums.

Gedichte sind ein Elmsfeuer.

In der tanzenden Ekstase finde ich dich, finde ich mich, finde ich a l l e s. Mich in deiner Umarmung zu verlieren ist mein höchstes Glück.

Ich gebe dir Tausende Namen, du bist in der Umarmung der nur einzig mögliche Name.

Fuss fassen im Bodenlosen

Träume gegen den Wirklichkeitswahn

Ausserhalb aller Grenzen zu leben befreit, bestärkt.

Ich liebe alles, was mich verunsichert.

Alle Vernunft bedeutet gegenüber der Schönheit nichts - da nur Schönheit alles ist. In der Lustekstase - da spiegelt sich Gott.

Mein Glaube versetzt keine Berge, mein Unglaube versetzt dann und wann aber einen Hügel.

Die heutige Zeit krankt schwer daran, dass sie kein franziskanisches Element kennt.

Thomas Manns Romantetralogie "Joseph und seine Brüder" hat homerische Grösse.

Das Leben ist ein Fest der Farben, es geht um die Farben der Leidenschaft, des Schweigens, der Liebe, der Entblössung, des Sichsammelns und Sichverlierens, um die unfasslich begehrenswert schönen Farben der tausendundeins Elemente.

Heute Nacht singe ich mit orange-gelben Meeres-Lippenmündern, springe mit Koboldmakis durch Dickichte, fliege mit Schlangenadlern über weite Sumpfgebiete, tanze als Sternbild Einhorn durch die Milchstrasse - ich brauche grosse Freiheit in neuen fantastischen Dimensionen, sonst verkümmere, verende ich.

Es gibt nichts Authentischeres, als in den Tagebüchern der Quasare, der Rollschlangen, der Meere, der Waldhyazinthen, der Nachtwinde zu lesen.

Leben ohne masslos-ekstatische Leidenschaft ist Spülwasser. Die meisten Philosophen sind blamable Tranfunzel.

Mit einem Auge sehe ich unermessliche Weiten in mir im Anruf einer universellen Liebe in der Hand der warmen Kreatur.

In dieser Nacht ist mir die kleine Kerze auf dem Schreibtisch die Sonne.

Wie sollte ich das aushalten: die ganze Präsenz des Seins in mir?

Ich lebe - liebe, fühle, denke - orchestral.

Wenn du deine schlanke Hand auf mein Herz legst, ströme ich ins Unendliche.

Einst schrieb ich aus einer Fülle heraus, heute sammle ich Sandkörner.

Viel zu wissen ist schön und gut, nichts zu wissen ist unvergleichbar schöner und besser.

Mein ganzes Leben setzte ich immer auf die Liebe - ich habe viel gewonnen, viel verloren.

Manchmal könnte ich die dummen Menschen erwürgen, derart schwach fühle ich mich zwischendurch.

Mein Leben kreist um Lust, Liebe, Leidenschaft – um dich.

Was für eine Ekstase, in der Flut und Ebbe des Seins zerrissen zu werden.

Für eine Liebesnacht verschleudere ich, ohne zu zögern, meine ganze, seit vielen Jahren mühsam errungene Contenance.

Die echte Freundschaft fordert niemals.

Ich verliere mich in die unermessliche menschenleere Weite in mir, um die universelle Liebe im Atem des Traums, in den verspielten Wellen des Seins zu finden.

Auch die hellsten Erkenntnisse verbleiben hartnäckig in der Dunkelheit.

Ich reagiere in jeder Sekunde auf die Welt mit WORTEN, Gedanken, Farben, Formen, Klängen, Tanz, Hass, Liebe – ich bleibe aufgewühlt.

Meine Tränen fallen ins Universum – sie sind der Lotse auf der Fahrt zu mir.

Das ganze Leben ist mir so fern geworden, dass es mir unendlich nah wurde.

28. April 2012: Heute ist Maunzli gestorben.

Die Amöbe tanzt mit dem Quasar, wir halten uns an den Händen.

In der Angst, in der Liebe zu ertrinken.

Wie erbärmlich schwach sind alle philosophischen Gedanken im Vergleich zu einem Lustschweisstropfen.

Im Orgasmus jubelt das Universum.

Übereinstimmungen von Subjekt und Objekt, Umschichtungen, Verwertungen von Erscheinungen und ihre Wahrnehmungen in Relationen zu finden – Einzelseiendes im Wesensgrund zu sehen, das Allgemeine nicht als amorphe, wolkenhafte Diffusität zu verschmieren: das hat nicht nur philosophische Dimensionen, sondern ist auch ein lyrisches Agens.

In der Lyrik geht es (in meinen Augen) um Evidenzen (und Äquilibristik); Plotin spricht von der Weltseele, die Romantiker meinen, dass der ganze Kosmos im Grashalm mitkomponiert ist, ein Tautropfen das Weltall spiegele: ich bin leidenschaftlich überzeugt, dass diese plotinsche und romantische (philosophische und gleichzeitig lyrische) „An-Sicht" auch heute in der atomisierten Moderne Gültigkeit hat.

Francis Ponge hat den Blick aufs Detail, auf die sachliche Vergrösserung des Details gestaltet, und das ist gewiss (als ein Erstes, Neues in der Literatur) wunderbar, überzeugend als Gegenbewegung des Verwischten in der Lyrik, auf das Zu-Sentimentale.

Kunst ist auch im Ungefähren, Schwebenden immer exakt, präzis.

Die Realitäten im echten Gedicht fächern sich liebend gern in die Irrealität auf, ins stringente Surreale. Wenn sich Lyrik einer (neuen) Erkenntniserhellung nähern möchte, wirkt es in der kristallinen Klarheit, im Zusammenfall der Nähe und Ferne, entdinglicht, leicht, schwebend, schmerzhaft nicht fassbar ... Kausalitäten, Determinanten sind verschwunden im Gewahrsein aller Daseinsformen, in der Imagination des Formlosen; Vorstellungen und Wahrnehmungen werden eins in der Reduktion des je Einzel-Wesentlichen.

Träume gegen den Wirklichkeitswahn

Ich glaube, es gibt keinen essentiellen Unterschied zwischen den Träumen und den Wirklichkeiten; die Grenzlinien zwischen den Träumen und den Wirklichkeiten sind ein gedanklicher Murks, eine stümperhafte Konstruktion von Menschen, die hohl das nachplappern, was schon lange vor ihnen geplappert wurde: eine geistlose lächerliche Kolportage; im Reich des Erlebens, der Wahrnehmung des Seins um uns herum ist eine Grenzlinie zwischen Traum und Wirklichkeit nicht haltbar. Brennende Wälder, stinkende Meere, der heroische Blick der Zebramuränen, Figurentanz der Wolken: Rede ich jetzt von Träumen oder von „realen" Beobachtungen? Ein Flug der Silbermöwe, eine närrische Beamtenherrenklasse, geifernde tanzende Kobolde, ein lebenslanges Treten an Ort: Was ordne ich den Träumen, was den Wirklichkeiten zu? In den Zwängen des Gelderwerbs menschlich verarmen, im Feuerofen der

Angst verbrennen, im Atomschutzschild der Giganten sich sicher fühlen: Traum? Albtraum? Alltagswirklichkeit? Lächerlichkeitswirklichkeit? Die Lügen der Politiker, die Schreie der Gefolterten der Politiker, der Balsam eines Streichquartetts für zwei Violinen, eine Viola und ein Cello von Mozart, die Vereisung einer liebenden Beziehung, das Aufflammen in einer Umarmung, der leichtfüssige Tanz der Sehnsucht mit der Harmonie: Sind das Träume? Wirklichkeiten? Was wäre besser, leidenschaftlicher, bereichernder für den Menschen? Nach dem ersten Herzinfarkt sich wieder erschöpft nickend einreihen unter einen neurotischen Chef? Redete ich jetzt von Träumen, Albträumen oder von weitverbreiteten nackten Tatsachen?

So genannte Realisten lächeln über die Träume, tun die Träume verachtend weg; so genannte Träumer lächeln über den Wirklichkeitswahn der Realisten. Wer von den beiden hat das bessere, menschlichere Recht, die hiebundstichfesteren Argumentationsgründe auf seiner Seite?

Die Realitäten sind meist platter Alltagstrott - die Träume sind nicht dermassen kümmerlich beschränkt. Das Geschehene, das Verlorene, das Gesuchte formt sich in den Träumen zu kühnsten Verknüpfungen, zu unerwarteten Kombinationen - in reissenden Strömen, blendenden Blitzen zu raunenden Bedrohungen und bizarren expressiven Bildern: Träume sind unermesslich reicher an geheimnisvollen und offenbarenden Wirklichkeiten als die dumpfe, epigonale Wirklichkeit der Alltagsbanalitäten. Wirklichkeiten ohne Träume sind erbärmliche Schrumpfsäcke.

Ich liebe die Wirklichkeiten der Träume.

Tiefes Erkennen, das nicht einfach deskriptiv bleiben will, ist immer auch ein Mysterium der Juwelen, ein Strom der klaren Natur des Geistes, ein Aufatmen in dem, was grösser als alles (vernünftige) „Erkennbare" ist.

Das lyrische „Erkennen" ist immer eine flackernde Inkommensurabilität, eine erotisch aufgeladene Interferenz, eine nicht heil- resp. löschbare Inflammation, ein transzendentalphilosophischer ästhetischer Gestus.

Lyrik bleibt ein „Trunkenes Schiff". (Rimbaud)

Lyrik spielt mit den „Wahrheiten", setzt sie neu zusammen, das monologische, kommunikative Mitteilen ist ausser Kraft gesetzt, es geht um „alchemistische" Aussageweisen, um Verdunkelungen und Aufhellungen, um affektive Vorgänge, um die unzählig möglichen Deutungen von Durchdachtheiten, Durchfühltheiten, dort, wo das Misslingen parterre mit der Verzweiflung haust; Tonfolgen werden verfolgt, Grenzen gesprengt, der Wahnsinn singt, das Abstrakte wird Liebesakt, das Orphische tanzt.

Lyrik ist niemals spekulativ, sondern immer leidenschaftlich flammend im Rausch des Verdichtens.

Der Lyriker erschafft in seinen konzisen Wortbildern gefühliges Erkennen in den Entsprechungen von Dasein und Möglichkeit, *hinter* allen Möglichkeiten des Wissens in den Sentenzen der Weltausschnitte, in der Versenkung der unendlichen sinnlichen, seelischen und geistigen Auffächerungen.

Philosophie ist *Bildwerdung* von Zellen, von Quasaren.

Manchmal ist das Denken abstrakt, dann wieder ein affirmatives Bild.

In der Amöbe ist der ganze Kosmos mitkomponiert.

Innere Widersprüche, Entfaltungen, Betroffenheiten - die Lust zu denken - sie sind das Agens zu „philosophieren", die Welt, so wie sie ist, wie sie uns erscheint, in Frage zu stellen, neue Perspektiven zu finden, demütig uns einzugestehen, dass wir eigentlich fast nichts wissen.

In der Philosophie geht es um brennende Erschütterungen, um den individuellen Schrei im Kosmos: das Individuum versucht, das Leben, das liebt und vom Tod umfangen ist, also von der erbarmungslosen Vergänglichkeit, als Grunderfahrung zu akzeptieren, die Totalität der Begrenzungen, das Einzelne im Übereinzelnen zu finden, in den existenziellen Erfahrungen des Rationalen und Irrationalen.

Alles im Leben ist ein Vorgang von kleinen Ereignissen und Denkkompositionen, von Zufälligkeiten, Situationen, Auseinandersetzungen, Annäherungen und Entfernungen, nachprüfbar ist da nichts.

Das „Eigene" bleibt immer das Eigene, auch in der Totalität - oder in der Zertrümmerung.

Alles hat seine eigene Wirksamkeit; die Ordnungen und Harmonien des Universums spiegeln sich in der Imagination des Künstlers, der Philosophen, in der *Freiheit* der Fische, Lurche, Weichtiere, Stachelhäuter, Insekten, Reptilien, Vögel, Säugetiere, Blumen, Meere, Berge, Wolken, in den Seinsbestimmungen und im Eros des Menschen.

Die grossen welthistorischen Philosophiesysteme sind nicht meine Sache, denn jedes System ist Dogma und also lächerlich, ablehnungsbedürftig.

In meine Schau des Seins beziehe ich nicht nur denkkategoriale, bestimmungsdefinitorische Begebenheiten, sondern das g a n z e Sein, und dazu gehören unabdingbar zu den geistigen Auffächerungen die Geschwänzten Schwimmmanteltiere, die Flügelkiemer, die Bartwürmer, die Schlangensterne, die Armfüsser, die Rauhhaarige Gänsekresse, der Quirlblättrige Weisswurz, die Parabelbahnen der Kometen, die Spiralgalaxien und die Quasare.

Eine Philosophie, die das Geschöpfliche auslässt, genügt mir nicht. Ich vertrete kein anthropozentrisches Weltbild; mir ist der Anthropomorphismus ein Gräuel; dass die menschliche Gestalt, Form, Denkweise mit ihren Attributen auf das ganze Sein hin transportiert werden sollte, ist für mich nicht haltbar.

Es gibt kein Korrelat in den Analogieschlüssen. Es ist alles Asymmetrie, vielmehr Divergenz.

Die Kosmizität (Charakter dessen, was die Dimensionen des Kosmos hat) bezieht sich nicht nur in der immer je bessern Ausgestaltung des Menschen aufs Menschliche hin, sondern die Kosmizität des Schwans bewirkt, dass der Schwan sich immer mehr dem „Urbild" des Schwans nähert, die Amöbe noch tiefer Amöbe wird, der Kaktuszaunkönig immer mehr Kaktuszaunkönig, der Spaltpilz immer mehr Spaltpilz, die Storchschnabelartigen Gewächse immer mehr Storchschnabelartige Gewächse, der Andromedanebel immer mehr Andromedanebel.

Je verwesentlichter sich das Sein findet und ausformt, desto individueller typisch wird das Einzelne, desto charaktervoller vervollkommnet sich die Essenz der Akzidenzien, desto wesensverwirklichter fächert sich das Universum in den Verästelungen der je eigenen Verwirklichungen auf: ein jedes Geschöpf zielt auf die eigenen Vorgegebenheiten hin - je tiefer es bei sich selbst ankommt, desto schöner ist es in der eigenen, unverwechselbaren Art in der Grundbestimmung, Grundbedeutung seines individuellen Seins.

Das Selbstsein einer Honigbiene, einer Ohrenrobbe, einer Herbstzeitlosen, eines Zodiakallichts, eines Streichquartetts von Mozart hat die je eigene Verwesentlichung in sich – I S T Auffächerung des Seins. Das Ganze formt sich nur aus in den Teilen; das Ganze, das All findet sich nicht in den Abstraktionen, in der Phänomenologie, sondern sinnbildhaft in den Farben, den Tönen, den Formen des Unzählbaren, des Niemalszählbaren.

Alles, was ist, ist im Grunde nur dadurch, wie es sich „vom Andern" unterscheidet, wie es sich in grosser Freiheit sich in sich selbst findet, auffindet.

Ich liebe das Akzidentielle, das, was zum „Ursein" komplex biodiversitätisch hinzukommt, das, was bestimmungsmässig im Zufall aufscheint, das, was unverwechselbar je einmalig ist.

Die fundamentale Grundbestimmung findet jedes Wesen nur in sich in der jeweilige Lage, Quantität, Qualität, Relation, Zeit- und Ortsbestimmung, in der ausformenden Tätigkeit - im Leiden, in der Lust.

Die unermessliche Vielfalt, die schwindelerregende Komplexität des Seins, die sich in den je eigenen Arten und Unterarten ausbildet, *verwesentlicht,* in den Miasmen, die nicht zu umgehen, nicht vermeidbar sind, die sensiblen (intuitiven) Instrumentierungen des Geistes, die offenbaren Wunder, das GROSSE SEIN finden sich im Panentheismus (in der Verschmelzung von Theismus und Pantheismus, das heisst, dass Gott in der Welt und zugleich mehr als die Welt ist), dies als religionsphilosophisches Aperçu locker angemerkt.

Die Verwesentlichungen gestalten sieh paradoxal aus, mit Vorliebe in der Sicht, in der *Schau* der Philosophie, in einer Philosophie, die die Ausformungen, Auffächerungen wesenhaft mitberücksichtigt. Prädikabilien, die Aussageweisen zum Beispiel in der Logik, in denen *Begriffe* von den Gegenständen des Seins formuliert werden können, bleiben schemenhaft, flach. *Die Verwesentlichungen finden nur in den Auffächerungen statt.* An diesem quinkelierenden Postulat halte ich (denkerisch und fühlend) fest (die Welt soll sich wundern).

Die „ganze" Wahrnehmung des Seins kann nur im transzendierenden Denken und Fühlen gewonnen werden, und das „Transzendierende" ist seinsbedingtes Sich-Exzentrieren und zugleich unabdingbare Immanenz; das Weltall ist intrusiv (einbrechend) in der Grösse und Herrlichkeit des Atoms! Der „Weltstoff", der Stoff des Universums, konstituiert sich im Komplex Materie–Geist, ist eine tangentiale Energie im Vielen, in der Einrollung und Personalisation, die zur Einheit strebt. Die Einheit wird in der negierenden Vielheit gewonnen, im Strom „Des-sich-selbst-Findens", in der Auflösung der Selbstsucht.

Die Verwesentlichung ist *die* Auffächerung! Und die Auffächerung ist nur in der LIEBE zur gesamten Schöpfung, zu allen Geschöpfen, auch zur Materie (zum Herz der Materie) annäherbar.

Das eigene Wirkliche, beständig sich Gleichbleibende ist das ganze All in seiner Einheit, wusste der italienische Renaissancenaturphilosoph Giordano Bruno; ich mag die Philosophie mehr in den korpuskularen Sinneseinheiten und Diaphanien, in den konkreten Verständlichkeiten des Ichs zum Weltgrund, besser: zum Einheitsgrund des (sinnlichen und geistigen) *Individuums*, in den malerischen Farben des Selbstbewusstseins, des Selbsterfühlens.

Vernünftig erkennbar ist vieles, doch noch mehr ist und bleibt irrational, ist das, was übers menschliche Begreifen hinausgeht - und da beginnt die *Kunst*.

Die Existenzweisen aus der Tiefe des Ozeans. Zuneigungen und Abneigungen der Einsichten, der Leidenschaften. Die Leere der Erkenntnis, der Weisheit. Die Methoden der Nutzlosigkeit. Befreiung und Erlösung von Bindungen. Die Hoffnungen in den Spiegeln der Vorläufigkeiten. Gewahrwerden der Täuschungen. *Das ist Verwesentlichung in den Auffächerungen.*

Der menschliche Geist strebt danach, Verschiedenes in einem höhern Allgemeinen zu sehen, zu klassifizieren (mit seinen Unterklassifizierungen usw.), Ordnungen zu schaffen (mit Über- und Unterordnungen), Einzelnes in Familien, Arten und Gattungen zu fassen - zu abstrahieren. Die Abstraktion - aus dem Besonderen das Allgemeine zu nehmen, vom Gegenständlichen zum rein geistigen Kern vorzustossen - ist eine tiefe Sehnsucht des menschlichen Geistes, eine Orientierungshilfe innerhalb der schauerlichen Expandierungen der Weltallkörper; alles flieht sich, die Distanzen werden noch grösser: was hat das zu bedeuten?

Wir erleben die Augenblicke sinnlich, mit dem Körper, mit den Körpergliedern. Alles, was wir fühlen, fliesst in unserm Blut, geht über die Haut, ist mit den Lippen sanft berührbar - ist mit den *v i e l e n* Sinnen verbunden, die der Mensch hat (wer spricht stumpfsinnig eingeschränkt davon, dass der Mensch nur fünf Sinne hat?). Entsprechend zur unendlichen Zahl der Wirklichkeiten, die es gibt, die vorstellbar sind, kann der Mensch, sofern er sich aufmacht, sein Menschsein zu leben und nicht Vogelscheuche zu bleiben, unendlich viele Sinnlichkeitserlebnisse, Sinneserfahrungen erleben: in der Atemlosigkeit des Traums, im Angstschweiss, im Lustschweiss, im feinen Erzittern der Freude, des Glücks, im sehnsuchtsvollen Betrachten der Wolken, im Beben des Zorns, im befreiten Lachen, im Geniessen eines guten Weins, im Erschauern bei einer Melodie, im Unruhigwerden angesichts eines Kunstwerks, im Sich-Gewahrwerden in der Einsamkeit, im Sich-Finden mit einem Du, im Sich-Verlieren in den Grenzenlosigkeiten.

Abstraktionen sind nahe an der Mathematik, bei der Geometrie, auch bei den Alogismen und Logarithmen des Verstandes - Abstraktionen gehören zum Menschsein (wer nicht zu abstrahieren versteht, hat vom Strom der Zeit nichts erlebt). Man denke nur an die Geschichte der Malerei zum Beispiel: der in sein konkretes Schicksal geworfene Mensch kam zur befreienden Abstraktion, fand in der abstrakten Farb- und Formgebung weltumfassende (und alle Völker verbindende) Gültigkeit.

Joan Miró steht da als grosser sinnlicher (und kindlicher) Malerphilosoph; nach ihm kann nicht mehr dümmlich die vordergründige, oberflächliche Welt „naturalistisch" abgeklatscht werden ...

Meiner Philosophie (meiner Schau auf das Leben) sind die sinnlichen Erscheinungen, Affinitäten, Sehnsüchte, Zuneigungen sympathisch. Oder: in der Lustekstase fällt die einzelne Sinneswahrnehmung ineins mit dem (durchgeistigten) Allgemeinen, wird also im Kleinen das Grösste, im individuellen Erfahren ein Verbindendes mit dem personallosen Sein. Da ist von menschlicher Vollendung zu reden.

Nichtassimilierbarkeiten zu Tisch bitten.

Ein Leben ohne Liebeslustleidenschaft hiesse Lebensverweigerung.

Ich will nicht leben, ICH LEBE.

Ich verwirkliche mich in den Wellen, in den Winden - fasse Fuss im Bodenlosen.

Konvulsionen, Erdbeben, Überschwemmungen, Weltallexplosionen - wir betäuben uns, uns existenziell befreiend, mit gegenseitig ineinanderfallender Lust.

Liebe ist durch alle Schöpfungswesen teilbar.

Wer leidenschaftlich lebt, kann gleichzeitig viele "höchste Lieben" leben. Wenn ich von Liebe überschäumt werde, muss ich tanzen.

Ich tanze mit den Wellen, mit Torvaldo und Dorliska, mit Wilden Vogelbeeren, mit Cassiopeia, dem Orionnebel, tanze mit der Netzmuräne, dem Drachenflosser, dem Taumelkäfer, tanze mit der Droste, tanze, tanze!

Ich brenne, fliege, rase, segle, schwimme, irre, taumle, tanze, singe in der Liebe, in der Lust, *s Läbe isch uchogge herrligg!*

Das Geheimniswesen der Schöpfung respektvoll zu lieben hat mit Erkenntnis zu tun. Ich liebe die Gefährdungen des Leibs in den Melodiebögen des Universums.

Es geht um Wirklichkeitswerdung in der unermesslichen Vielfalt des Seins, was nur individuell geschehen kann.

Sechs Gongschläge

Ein paar Gedanken zur Lyrik, zum lyrischen Schaffen

1. Gongschlag. Mein Lyrikverständnis.

Ich liebe leidenschaftlich die Unwägbarkeiten der Gefühlswerte, das Unvorhersehbare, das, was nicht codierbar ist - die Wandlungen von Farben, Formen, Klängen, die Verwandlungen von Zuneigungen und Abneigungen, und dies in Wortbildern festzuhalten, weder leicht noch schwer, dafür aufflammend, ist für mich das Schönste in meinem Leben.

Gedichte sind ein Teleskop in die Labyrinthe der Innenwelten, in die Aufhellungen und Verdunkelungen des Geistes, in die unendlichen Räume der Seele.

Steine, Galaxien, Amöben, Seelilien, Chimären, Liebe, Tod, Logos: Es gibt nicht nur die alltagsbanale

Wirklichkeit, sondern es gibt unzählbare Wirklichkeiten hinter den siebenmalsieben Täuschungen; Illuminierungen des Seins im Augenblick: Das versucht das Gedicht einzufangen, loszulassen.

Ein Gedicht klingt wie eine Windharfe, duftet wie Basilikum, man kann es nicht ergreifen, und doch steht es unmissverständlich da im Wort, im Wortbild, im Wortklang, im Wortwind, in den gelassenen oder stürmischen Wellen des Ozeans.

Das Gedicht liebt Rätsel, Dunkelheiten und Dissonanzen, aber auch die Klarheit des exakten, konkreten Ausdrucks, die Schönheit und Funktionalität eines Spinnenfadens, die Harmonie des Schwerelosen, das Gedicht liebt die Spuren des Zugvogels, das intuitive Erkennen in den Farben und Formen des Seins, im Atem des Kosmos, in den wir unentwirrbar eingebunden sind. Im Gedicht flammt das Unsichtbare im Sichtbaren auf, Abstraktes wird individuell erfahrbar gemacht im Sinnlichen, unverwechselbar in den Verwandlungen von Werden und Vergehen, im Hunger eines Wolfsbarschs, im irren Tanz eines Feuersalamanders, im Glühen einer Spiralgalaxie.

Gedichte sind nahe an einer „Farbenlehre des Existenzialismus"; sie reden vom Sinnlichen, möglichst fernab von bereits bekannten Ausdrücken - so als wäre, mythologisch gesprochen, alles neu wie in den ersten Schöpfungstagen.

Es gibt nicht nur Kuss und Umarmung, sondern auch Trennung, das spannungsreiche Bewusstwerden von Lust und Geist, den Fluch der Zerrissenheit, die Einheit der Gegensätze. Das Gedicht liefert sich diesen Dimensionen aus.

Das Gedicht ist ein Sichausruhen, als ob es das gäbe!

2. Gongschlag. Assoziationen. Konvulsionen. Verbildlichung.

Fragmente von Fragmenten: Wasserkraftwerke in Sambia, Eichelhäher, Bücherverbrennung, Exekution, Vendetta, Klimaerwärmung, Zungenkuss, Götterdämmerung, Kathedrale von Rouen, Vermassung der Menschheit, Pulverisierung der Gedanken: die Kunst kann ALLES einbeziehen, alles ausschliessen. Es geht ums Feuer in der Steppe, in der Küche, im Gehirn.

„Monsieur, ich nehme ein Entrecôte, Eiernudeln an Morchelsauce, Broccoli", auch das kann Kunst sein im Kontext - eines Kriminalromans.

Vorbild, Abbild, Hinterbild, Unterbild, Querbild: Kunst liebt die Nähe zum Bildhaften. Spiegelungen von Spiegelungen.

Kunst versucht, das Böse einzuschränken; das Böse auszugrenzen ist nicht möglich.

3. Gongschlag. Die vielen Wirklichkeiten. Dissonanzen. Zusammenfall der Entgegensetzungen.

Kunst ist beheimatet in sich selbst, in den Grenzüberschreitungen, im Grenzenlosen; ihre Farben sind individuell, expressiv, trunken dem Schweigen verfallen, quirlig kommunikativ. Im Zusammenfall der Entgegensetzungen von Lust und Leid, Liebe und Triebe, Tod und Auferstehung, Mathematik und Träumen brennt das Wort, das Bild, der Klang - wird der Schatten zur Figur.

Positionsbezüge bleiben fragwürdig, was aber nicht heisst, dass nicht eindeutig Position zu beziehen ist.

Spiralgalaxien, Protuberanzen, Rotwein, Amöbe, Frauengesicht: der moderne Lyriker grüsst Po Chü-i (772 - 846) und seine „Lieder eines chinesischen Dichters und Trinkers". Zeiten verlagern sich, verschachteln sich, verketten sich neu. Vergangenheit stürzt in die Gegenwart. Planeten können mit Zahlen ausgemessen werden, das kleine Herz ist unausmessbar. Im Satz und im Gegensatz findet sich so etwas wie eine vorläufige Wahrheit, auf Widerruf, auf Abruf, auf Rückruf — auf Zuruf.

4. Gongschlag. Gesang nahe am Schweigen. Schöpferische Determinanten kontra alogische Metaphorik.

Das Gehirn des Künstlers ist eckig, kantig, schorfig. Eine Brandung. Ein Vulkanschlot. Ein Einsturztrichter. Ein Fieberherd. Ein granitenes Nein an einer Steilküste. Die Nacht ist nicht da, um zu schlafen, sondern um den Orinoco oder den Yangtsekiang zu befahren, sich in den Cordilleren zu verlieren, in Hyderabad Mönchsschriften zu lesen. Die Nacht ist da, um zu wachen. Um zu lieben. Um die Welt in Brand zu setzen. Die Friedhofskälte ist nahe genug. Es gilt, Verwüstungen zu vermehren. Das Höllentor zu durchschreiten. Im Labyrinth zu schreien. ZU SCHREIEN, ZU SCHREIEN!

Kausalitäten, Dualitäten, Syllogismen: die Welt hat keinen Grund, keine Grenzen, keinen roten Faden. Alles ist nur eine Sekunde des Widerrufs. Wohnhaft in der Ortlosigkeit.

Die Welt brennt. Doch fern bimmelt ein Glöcklein. Ich will es suchen - über die Brücke aus Feuer. Und das ist Kunst. Die ältesten Mittel der Poesie, Vergleich und Metapher, bleiben modern.

5. Gongschlag. Entstehungsmühsal. Wirrnisse und innere Folgerichtigkeit.

Ein Umherirren in der Tiefe des Unterbewusstseins, ein Sichausruhen in den Höhen des Seins blitzen in sehr seltenen Fällen ins Bewusstsein auf; so darf Kunst auch sein; meistens aber meint Kunst ein Unbehaustsein, ein brennendes Labyrinth, eine existenzielle Obdachlosigkeit und sucht den Ausdruck des Nachtmahrischen, gar der Verzweiflung. Doch starke Gefühle sind heute tabuisiert, es muss alles cool sein, nachvollziehbar, durch die Masse verdünnt, abgekühlt, nivelliert.

Erbauung hat nichts mit Kunst zu tun, Lebenshilfe gehört endgültig ins Verzwergte.

Der Engel als Dämon. Der Dämon als Dämon, ungeschminkt. „Nehmen Sie die Perücke ab", so Chesterton.

6. Gongschlag. Existenzielle Illuminationen. Die konkrete Möglichkeit des Ins-lyrische-Wortbild-Einfassens.

KUNST IST LIEBE. Eine Lustraserei, ungebändigt. Ein Brand des Herzens, ein Feuer der Nacht. Es gibt kein rettendes Ausruhen. Nur Flucht - Flucht in sich selbst hinein, in die Feuerströme. In die Verlorenheit. In tausendundeine Lustbarkeitsqualen. Ins Niemandsland der Einsamkeit - das Gedichteschreiben als Spurensuche der Existenz.

Welt als Bild-Werden.

Die dunkelsten Stunden können durch nichts aufgehellt werden - auch durch Liebe nicht. Das Leben ist ein Durchgeschütteltwerden von Traum zu Traum.

Ich lebe innig mit meinen Gedichten, ich verwirkliche mich in ihnen - ich stelle mich nicht aus, trage mich nicht zu Markt, erlaube es im Grunde niemandem, mich zu begutachten, mich zu beurteilen.

Was für eine Befreiung für einen Dichter, nicht verkäuflich zu sein.

Ich mag sie, die imposante Abwehrstellung der afrikanischen Teufelsblume (wenn ich schreibe, habe ich ein bisschen diese Fangschreckenart).

Das Universum kennt keinen "Boden", warum sollte ich einen haben? Die Verzauberung durch die Liebe ist das grösstmögliche Erschrecken.

Wenn ich mich verliere (was dauernd geschieht), schenke ich mich mir selbst, um weiterleben zu können.

Nicht die zumeist schönen Kindheitserlebnisse prägen mich, die wichtigsten Lebensprägungen begannen in der Pubertät und in den Jahren danach, als die Lust dominierte.

Liebeslustekstasen - Supernoven.

Liebe, die keine Freiheit schenkt, ist die Hölle.

Gott bläst farbige Seifenblasen ins Weltall - sie sind deine tanzenden Augen.

Ein gutes Gedicht ist wie eine Kathedrale, aus Stein gebaut für Jahrhunderte.

Du wohnst in dir wie sphärische Spinnweben.

Du findest dich nur so lange, wie du dich verlierst.

Logische Aussagen sind wie verdorrte Baumstrünke – die existenziellen Gedanken wuchern wie ein Urwald.

Gott ist für die Menschen die gefährlichste Wüste (weil er der lebensbedrohendste Durst ist).

Jean-Paul Sartres vierbändige monumentale Studie über Gustave Flaubert, "Der Idiot der Familie", ist für mich eine vieljahrelange Erkenntnisbereicherung, Lesebegeisterung.

Wenn alle Stricke im Leben gerissen sind, wenn nichts mehr zählt, muss ich tanzen.

Meine sanftesten Liebesgedichte kommen aus einer leidenschaftlichen Lebenswut her.

Gedanken sind wie Kleider: je weniger man anhat, umso lebensnaher.

Der heisse Körper braucht keine Gedanken (Kleider).

Das Feuer ist immer nackt.

Ich habe ein Geigenrochenwesen.

Die Hand

Die Hand ist das schönste, sinnlichste, geistigste, beschützendste, gefährlichste Organ des Menschen, die Hand kann zärtlich streicheln, sich zur Faust ballen, die Hand kann sich für einen andern Menschen öffnen oder verschliessen, sie kann Schmerzen lindern, sie kann auch tödlich niederschlagen. Die Hand teilt mit, ob der Mensch, zu dem sie gehört, sensibel oder brutal veranlagt ist; die Hand kann gefühllos wie vom Menschen abgetrennt daliegen, sie kann pulsierend sanft und verstehend auf den Schultern eines andern Menschen liegen.

Schriftliche Verträge sind Lügenpapiere, ein Handschlag von Mensch zu Mensch ist existenziell. Die Hand kann beschützen oder zerstören. Die Hand kann aufbauen, sie kann niederreissen. Wie ein Strom sich durch die Ebene windet, kann die Hand über die Landschaften eines nackten Körpers strömen. Die Hand ist wie ein Mythos, ein Logos, geheimnisvoll oder definierbar. Meist haben wir kein spezielles Bewusstsein „von Hand", doch wenn die Hand wahrgenommen wird, ist sie wie eine Sinfonie von Mozart: unfassbar beglückend. Die Hand kann einen Menschen vor dem Absturz retten, sie kann in den Abgrund stossen. Die Hand ist hilflos, wenn sie das Meer auszuschöpfen versuchte, sie ist allmächtig, wenn sie das Marienkäferchen vor dem Hagel schützt. Gott liess seiner Schöpferphantasie „freie Hand". Des Menschen Hand kann zum Leben verhelfen, sie kann auch Leben erwürgen. Die grösste Freiheit des Menschen ist nicht sein Geist, sondern seine Hand. Die Hand kann zügellos oder beherrscht sein. Die Hand kann Schmerzen bereiten oder Tränen wegwischen, die Hand kann zuschlagen oder zur Versöhnung, zur Liebe bereit sein - beglückend wie eine Glockenblume. Das Gehirn kann vergessen, die Hand nicht. Wie schön ist eine kleine kurzfingrige patschige Hand, wie bestürzend schön eine violinschlüsselschlanke Hand mit wie Notenlinien feingliedrigen Fingern. Manchmal rührt die Hand zu Tränen, denn wie arg von Lebensmühsal zerschunden kann sie sein, dann wieder ist sie wie ein taufrisches Spinngewebe - eine grazile Tänzerin. Not und Liebe kommen am unverfälschesten in der Hand zum Ausdruck; die Seele des Menschen wagt sich aus unerforschlichen Tiefen in die Formen der Hand.

Mit Gedanken sind nur die Vordergründigkeiten des Lebens erfassbar.

Die Freiheiten hinter allen Gedanken sind unermesslich.

Leidenschaftliche Liebe ist nicht in Gedanken einengbar.

Fiebrige Verdunkelungen.

Gedanken, die stimmen, stimmen niemals.

Mit Gedanken entfernt man sich vom Leben.

Man nähert sich dem Leben im Sinnbild - in der Ekstase.

Wühlmäuse dürfen Wühlmäuse bleiben, Menschen Menschen.

Lebensresümmee: ich habe viel Papier publiziert.

Ich verfluche, segne meine zwei Satori-Erlebnisse, denn ausser Liebe ist mir alles erbärmlich schal geworden.

Ich spüre das Weltall in deinem unruhig pochenden Herzen.

Die Menschenmasse ist bedeutungslos, böse - sie ist das Lebensferne, Lebensfeindliche.

Wenn ich wählen müsste "Literatur oder Liebe", ich würde mich weigern.

Ich liebe die Immigranten, ihre andere Lebensart, ihre anders getönte Haut, ihre Lieder, die Indulgenz (vielgestaltige Milde) unter verschiedenen Völkern, ich liebe das Fremde neben mir - liebe die ganze Erde.

Das Leben ist ein Maskenball - los, tanzen wir weiter!

Ich lasse mich nicht auf mein Werk behaften, beengen - ich liebe leidenschaftlich über alle Grenzen hinweg: auf dich hin. (Aus einem Brief)

Alles, was ich schreibe, steht tödlich leidenschaftlich auf teufelkommraus für mich ein.

Twitternde Aussagen, die nicht vom persönlichen Leben eingelöst werden, mögen sie noch so verblüffend intelligent sein, sind Quatsch.

In den leeren Zeiten zwischen den Liebeslustekstasen bin ich nicht einsam, sondern einfach ausgebrannt.

Ich mag Paul Nizons Werk, doch ich bin froh, diesen extrem eitlen Menschen nicht persönlich kennen zu müssen. Paul Nizon ist ein guter Schriftsteller, aber kein grosser.

Eitelkeit ist mir wesensfremd; ich hasse Eitelkeit.

Eitelkeit ist immer eine Schwäche, ein Lebensmanko - und wer im Alter noch eitel ist, ist erbärmlich lächerlich.

Liebeslustanbetung.

Das Gesetz der Nacht, unserer Nächte: wenn wir beisammen sind, beten wir uns an. Ich befahre deinen nackten Körper wie ein Schiffer den Orinoco.

Halt gibt es nur im Haltlosen.

Ich will nur noch in deine Höhlen versickern.

Weil ich dich masslos liebe, darfst du mir alles sagen, darfst du alles mit mir machen.

Es gibt nichts Schöneres, als Grenzen zu überschreiten.

Wir lieben uns in den Entgrenzungen - im Schrei des Zusammenstürzens.

Dich zu streicheln, dich zu lieben, dich zu besingen, dich zu ficken, dich anzubeten: ich biete dir die ganze Palette des Lebens.

Wir tanzen, wir geben uns hin.

Ich küsse deine Füsse, sie schweben überm Bodenlosen. Du küsst mein Geschlecht.

Das Universum: eine Erektion Gottes.

Ich bin untröstlich verzweifelt, kleine Mücke, dass ich dein Leben ausgelöscht habe. Ich wäre euphorisch glücklich, ich könnte das Leben der Politiker auslöschen.

Ich darf bekennen: ich bin so sanft, so sanft, denn der Wolf in mir schläft tief.

Nachdem ich Tausende von Büchern gelesen habe, widme ich mich als Analphabet deinem Körper.

Die meiste preisgekrönte deutschsprachige Literatur bleibt im Laufgitter des Spiessers gefangen.

Denkhaltungen, die stärken, sind Plunder - es gibt nur Abstürze, Sturzflüge, Flugunfähigkeiten.

Von Optimismus und Pessimismus zu sprechen ist billige Vorschulalter-Schwarzweissmalerei - der reife Impressionist, Pointillist mischt unzählbar viele Stimmungen.

Ich bin nirgendwo zuhause - ich bin überall aushäusig.

Als Stubenhocker, der ich bin, reist mein Geist immerzu, pausenlos in Neuland, Niemandsland, Liebesland.

Ich finde mich nur in der Ausschweifung, im Exzess, in der Ekstase der Lust.

Maunzlis Sterben ist für mich ein tödlicher Schlag.

Ich liebe die harlekinesken Sprünge, doch ich bin lebensmüde, lebensmüde geworden.

Nur in der Unerbittlichkeit lichtet sich der Himmel.

Vor einem Liebesbrand versteckt sich die Sonne.

Fliessende Tage

Ich liebe fliessende Tage, die keine Erstarrung, keine Reglemente, keine Routine kennen, Tage, in denen ich das Gefühl habe, alles strömt, ich ströme, fliesse, strudle, welle, alles ist dann so leicht, sternenunbeschwert, der Orinoco, mein Lieblingsstrom, rauscht, das Universum singt, die Wälder rauschen, die Ebenen meditieren, Jamaika-Kärpflinge tanzen, Wandertauben fliegen durch die Lüfte, ich liebe diese fliessenden Tage, wo es kein Unten und kein Oben, kein Vor-mir und kein Hinter-mir gibt, wo nichts festgefügt ist, die Wolken verwunderliche Bilder in den Himmel malen, die Gedanken wie ein Rondo von Mozart perlen, ach, diese wundervollen Tage, in denen ich eine unermessliche Weite in mir spüre, Farben eine Sinfonie komponieren, ein Fest der Schönheit gestalten, Tage, die von meinem Herzen in dein Herz eilen, ach, diese leichtfüssig beschwingten Tage, die mir ein Gefühl der Unbeschwertheit, der Freiheit, der Losgelöstheit schenken, Tage, in denen ich die starren Pflichten, die versteinerten Verpflichtungen ignorieren kann, Tage, in denen zarte, sanfte Melodien mich beflügeln, die mich in die Arme der Liebe führen, fliessende Tage, die mich verzaubern, die mich glücklich machen, ausserhalb der Zeit, hinter allen Mauern von Distanznehmungen, ich liebe diese fliessenden Tage, in denen alles eins ist, die mit einem Lachen die Welt erhellen, ich den Anruf des Seins vernehme im Vogelgesang, in den Träumen der Fische, im Duft der Blumen, in den Bildern der Maler, in den Formen der Bildhauer, in den Büchern der Dichter, ich liebe die Tage, die als

Erfüllung Liebesnächte vorbereiten, in denen es keine Grenzen gibt, Tage, in denen wir Hand in Hand über blühende, von Insekten summende Wiesen streifen und lachen und schweigen und uns umarmen, alles verändert sich mit jedem Schritt, ich liebe das unruhige Fliessen der Gefühle, liebe alle Wasserläufe, Rinnsale, Bäche, Flüsse, Ströme, es gurgelt, raunt, rauscht, wellt, zischelt und strömt - von irgendwoher ins unbekannte Irgendwohin.

In der ekstatischen Liebe, im Zusammensturz zweier Existenzen dringt der Mensch zu einem Kern vor, wo es endlich keine Täuschung mehr gibt.

Gott schuf nicht nur den Menschen, sondern auch den Mistkäfer; am Mistkäfer freut er sich heute noch.

Immer öfter lähmt mich eine scharfkantige Erschöpfung.

In den Zeiten zwischen den Liebeslustekstasen macht sich mehr und mehr Panik breit.

In den nächtlichen Depressionen nützt es nichts, sich an die Liebe zu erinnern: man liebt ja gerade nicht.

Schriftsteller: infantile Neidhammel.

Ich schreibe, weil ich atme, schweige, träume - weil ich das Leben nicht verstehe.

Ich liebe das Donnergrollen.

Der Mensch torkelt zwischen Exhibitionismus und Voyeurismus.

Es gibt keinen Stein des Weisen zu finden, sondern nur den Brei der Dummheit zu fliehen.

Das Universum auf den Fingerspitzen zu balancieren, dieses Spielchen gefällt mir.

Wirklichkeit und Fiktion

Ich liebe es nachzudenken, darüber nachzudenken, was Wirklichkeit, was Fiktion ist, wie wahr Träume sind oder wie wirklich der Tisch ist, der vor mir steht, oder wie wirklich die Wolken sind, die seltsame, unablässig sich verändernde Figuren in den Himmel malen. Wenn ich mir vorstelle, wie die Türe im Ferienhäuschen quarrte, ist diese Vorstellung noch wirklich? Wenn ich in der Phantasie eine Flasche Wein auf einem Tisch erfinde, ist das eine Ahnung? Eine Annahme? Eine Utopie? Eine Vision? Ein Hirngespinst? Wunschdenken? Nun, ich suche da keine vorschnellen Antworten, ich möchte die Fragen aushalten.

Es ist offensichtlich, manchmal sind Angstgefühle konkret ungerechtfertigt, Luftgespinste, was aber nichts daran ändert, dass sie für den betreffenden Menschen real existieren. Ist das Urwüchsige wahrer als das Artefakt? Ist das Waschechte wirklicher als das in den Gedanken Erfundene? Wer möchte in allen Wahrnehmungen abschliessend behaupten, was Sein, was Schein ist? Die Welt formt sich aus in ihren milliardenvielfältigen mineralischen, pflanzlichen, tierischen und menschlichen Selbstverwirklichungen, Seinsbestimmungen, im Sandkorn, in den Milchstrassen. Wird Literatur besser, wenn sie hieb- und stichfest authentisch ist? Ist Homers „Odyssee" hieb- und stichfest, oder geht es nicht auch um die Erfindung, Verformung, um die Verwandlung?

Vielleicht auch um die Transzendenz, oder einfach um saftiges Abenteurertum im Spannungsfeld von Götter, Helden und Versagern? Um den Spass, dramatisch zu fabulieren?

Manche Menschen bilden sich ein, Gott zu kennen, zu wissen, was er will; für diese Menschen ist ihre Einbildung Wirklichkeit. Sind religionsanthropologische Thesen auf die Wahrheit zertifiziert? Oder sind sie bloss Wahn? Wer kennt den „Urmeter", den Massstab, mit dem sich messen liesse, was wahr, was unwahr ist? Lustträume sind für den Träumenden erlebte Wirklichkeit und wahr.

Wahrheit und Wirklichkeit sind Variablen, sie verändern sich mit dem Standpunkt. Den Tisch sehen wir nur von einem einzigen Standpunkt aus mit vier rechten Winkeln; verschiebt sich die Position, sehen wir den gleichen Tisch mit zwei spitzen und zwei stumpfen Winkeln: Da, bei anscheinend handfesten Dingen, beginnt das Reden über Wirklichkeit zu wackeln.

So gesehen, gibt es die „gleiche" Wirklichkeit für alle nicht, die perspektivische Sicht verändert alles - und bleibt in sich wahr.

Wie wunderbar, folgern zu können: Die Fiktion ist authentisch und wahr - eine Wirklichkeit, die sich stets verändert.

Kunst kommt aus dem Feuer.

Leidenschaft muss rasen wie die Moleküle ...

Auch beim hundertsten Mal ziehe ich dich aus, als wäre es das erste Mal: total erregt.

Ich erfahre Tragödien, keine schwachsinnigen Events.

Scheinfrage: wer versteht mehr vom Leben, der Trappistenmönch oder der Computerspezialist?

Das Leben ist kein Spiel mit farbigen Murmeln (mit "eleganten" Tweets).

Der einsame Künstler erkennt die Feierabend-Schmuckkästchendenker sofort.

Nietzsche ist und bleibt der Himalaja unter den Denkern.

Ich suche vor der Wollust Wollust und nach der gierig genossenen Wollust Wollust.

Meditation, sprirituelle Erhebung: ohne leidenschaftliche Lebenszugeneigtheit läuft nichts.

"Ich" ist ein unüberschaubarer Komplex von Erhellungen und Verschattungen, von Positionen und Situationen.

Schwer Süchtige sind ihren Albtraum-Zwangshandlungen rettungslos ausgeliefert.

Ich bin niemals apophantisch (behauptend), ich hasse lediglich alle Lebenslügen.

Meine Philosophie ist wie der Rauch meiner Pfeife: Rauch eben.

Ich vertraue meinem Nichtglauben, fahre gut damit.

Ich mag die Moral, diese Gerümpelkammer, nicht.

Buddhanahe Erleuchtung im Nabel der Lust.

Als mich das dritte Satori-Erlebnis packen wollte, lief ich fluchend davon - ich habe bereits genügend Verrücktheiten!

Was zählt auf der Waage des Seins?

Labsal kann tödlich sein, Gift lebenserneuernd.

Wenn ich nicht mehr aus und ein weiss, weiss ich nicht mehr aus und ein und man komme mir ja nicht mit Ratschlägen!

Die Pforten der Hölle unterscheiden sich nicht von den Pforten des Himmels - wie wählen?

Ausgeglichenheiten sind getarnte Abgründe.

Die "so genannte Normalität" ist mir Anlass aufzuschreien.

Bevor der Pfaffe aus allen Nähten platzt

Sprachsoziologie zu betreiben, ist hochinteressant. Wenn man dem Volk aufs Maul schaut, kommen sehr bildreiche, oftmals deftige bis ordinäre, nicht immer piekfeine Redewendungen, Spruchblähungen zutage, fern jeder Logik; manchmal sind sie auch nicht stubenrein. Besonders das bäurische Volk in den Voralpen, Alpen und den hintern Krachern bedient sich manchmal einer kraftstrotzenden Ausdrucksweise, die den Städtern allgemein, insbesondere aber den Damen die Schamesröte ins Gesicht treibt. Da kann man gar nicht so schnell zittern, wie man friert ... Oftmals ist es starker Tobak; „Weisheiten" werden verkürzt in einen träfen Bildausschnitt gepackt, niemand fühlt sich so blöd, einen

Eimer Wasser umzustossen. Das Wort wird nicht auf die Goldwaage gelegt, saftstrotzende Bildwucherungen wollen überzeugen, ein für alle Mal. Man ruft in den Wald, und es kommt ganz anders heraus, verknorkst, verspintisiert, keinen Einwand duldend.

Das macht das Kraut nicht fett, wenn man einen hinter die Binde stösst, man muss jemanden auf den Trichter bringen, bevor man die Sau durchs Dorf jagt, denn bald kracht es im Gebälk, denn auch du, mein Sohn Brutus, bist der letzte Heuler mit dem heissen Braten beim Brunnen im Stoppelfeld, und bevor man die Löffel spitzt und zeigt, wo der Zimmermann das Loch gelassen hat, nachtragend wie ein Wasserbüffel, wenn der Krug zerbricht, weil er das Tageslicht scheut, weil dem Ochsen, der da drischt, kein Zuckerhut versalzen werden kann. O du verbeulte Giesskanne, behüt dich Gott, der Not gehorchend, denn ohne Meier gibt's keine Feier.

Das Volk redet aus tausend Münden wie eine einzige, verlassene Strandhaubitze, es weiss, dass es auch Schmalzbrote für eine Baugenehmigung braucht. Narrenhände beschmieren Tisch und Wände, auch wenn alles wieder zu Staub wird. Mein Name ist Hase, sagt die Bratkartoffel. Erfroren sind schon viele, erstunken noch keiner. Die Axt im Haus erspart den Scheidungsrichter. Wenn's dem Esel zu wohl wird, stopft er das Suppenhuhn in die Extrawurst, bevor das Eis bricht und man ein Gesicht macht wie eine Gans, wenn's donnert. Himmel, Arsch und Nähgarn, es ist, als ob die Magd eine Meise hätte. Und diewohl jetzo kommt endlich das grosse Amen, bevor der Pfaffe aus allen Nähten platzt.

Bei einigen bäurischen Redewendungen scheint es, als ob das Licht des Intellekts ausgepustet worden wäre. Kräht der Hahn auf dem Mist, ändert sich das Wetter, oder es bleibt, wie es ist.

In einer stürmischen Nacht begegnete ich einem Engel, es war ein Strichjunge.

Es gibt keinen Massstab für die Vergangenheit, keinen für die Gegenwart, es gibt nur Abszesse, Ödeme, Fehlgeburten, Metastasen, Neurome und im besten Fall Lichtblicke der Täuschung.

Problemfreie Menschen sind mir ferner als die Färöer Drachenfelsen.

Dem Herzen des Lebens ist nichts fremd.

Ich kann ruhig aus meiner Mitte herausfallen, da ich auch an den Peripherien zu Hause bin.

Wenn ich Rossini höre, juble ich - und möchte noch lange leben.

Ich sympathisiere mit dem Animismus.

Wenn die Anderen von sich reden, weiss ich nicht, was sie meinen. Wenn ich von mir rede, verstehen mich die Anderen nicht. Was für eine Balance!

Auch im tiefsten Loch liebe ich das Leben.

Licht ist nur von der Dunkelheit her erklärbar.

Mich erleichtert, dass die Ignoranz meinem Werk gegenüber *total* geworden ist.

Ich hasse die plebejischen Annäherungen der meisten Literaturkritiker.

Über jede Voreinnahme (aus welcher Richtung auch immer) hohnlache ich.

Ich brauche Freiheit, wenn ich überleben will.

"Zwei Dinge gibt es auf Erden, die kein Mittelmass vertragen: die Kunst und die Liebe." (Julie de Lespinasse)

Manchmal löst die Sehnsucht nach Schönheit - die Schönheit eines Kunstwerks, die Schönheit eines menschlichen Körpers - in mir einen Schwindel aus, der mich jedesmal mehr verändert, schwächt.

Die weltweite Beton-Schiessscharten-Architektur verrät viel über die Aggression des heutigen Menschen.

Eine jede Leidenschaft entfesselt wiederum eine neue masslose Leidenschaft.

Ich verachte jede Bürgerlichkeit.

Kunst ist Liebe, Liebe ist Kunst: es ist eine Vollendung, eine Verschmelzung, zu der mein Leben hinwill.

Ich lebe seit zwanzig Jahren mit einem Drogensüchtigen zusammen, es sind die wildesten, die schönsten Jahre meines Lebens.

Echte Literatur wühlt auf, zerschmettert, fügt blutende Wunden zu - sonst ist sie bloss ein Werbespot.

Als ich an einer Vernissage impulsiv die Malerin umarmte, die ich in meinem Leben noch nie gesehen hatte, sagte ich ihr: wir kennen uns schon seit langem, eigentlich seit immer, im Unterbewusstsein, dort, wo viel Dunkelheit wütet, aber auch eine Sonne scheint, die nie untergeht.

Schlaftabletten - Wachwerdentabletten.

Wahn: Gott tanzt.

Wenn ich lese, bin ich verbunden mit den Menschen in allen Zeitaltern.

Ich möchte eine Partei gründen: *"Gegen die Türen"*, denn Türen haben die Eigenschaft, Menschen auszuschliessen, einzuschliessen.

Ich fühle mich leicht mit der grossen weissen Fläche in mir.

Ich muss nichts wissen, ich darf alles vergessen, weil DU da bist.

In sich zu versinken: was für Öffnungen auf die Welt!

Präzises Schreiben als eine Form des Scheiterns.

Worte verdecken das Leben.

In der Sprachlosigkeit vermählen sich die Farben des Lebens. Ich erlebe meinen Zerfall mehr komödiantisch als tragisch.

Endlich erlebe ich, dass das Unwichtige wichtig ist.

So oder so läuft immer alles auf die Katastrophe zu.

Zu etwas Ja sagen oder Nein sagen, es spielt keine Rolle.

Sätze über "den Grund" können immer nur vorläufig sein.

Rezensionen sind für die Füchse.

Verleger mit ihren Schuhmacherüberzeugungen sind mir zu ledrig, zu brüchig.

Das Globale existiert nur in der Geldgier und in der Dummheit der Menschen.

Höhepunkt, Tiefpunkt: es kommt darauf an, wo man steht, besser: darauf, wie man etwas einordnen will.

Die Vielheit in der Einheit, mir ist sie ein Geschenk.

Ich sehe sie, die Blume im Geröllfeld der Erschütterungen.

Den plätschernden Wellen zu meinen Füssen ist es egal, ob es am Himmel blitzt und donnert.

Die Ausweglosigkeiten sind es, die einen weiterbringen.

All das viele Reden um mich herum, dieses ewige pausenlose Gesumse und verbale Gekröse, dieses Radebrechen, Besserwissen, Schnattern, Schnickschnacken, Gerüchtebrodeln - mein Gott, wie lange muss ich das noch aushalten!

Im Schweigen offenbart sich, illuminiert sich das, worauf es ankommt.

Eine einzige Liebesnachtstunde kann nahe an der Ewigkeit sein.

Liebe, Liebe, Liebe - dieser Roman wird immer ein Torso bleiben.

Liebesgedichte müssen so sein, als wären sie aus einem Angstschlaf gerissen worden.

Eine kleine lebensfrohe Mücke ist in meinem Weinglas ertrunken - schwer lastet mein Weiterleben.

Ich geniesse es, mich zu wichtigen brennenden Problemen nicht mehr äussern zu müssen.

Im Verlieren in der Liebe findet sich der Liebende.

Das mit zunehmendem Alter aus der Wirklichkeit Herausgleiten ist eine neue wundervolle Wirklichkeit.

Liebesworte sind keine Sterbensworte, sondern Lebensworte.

Wenn mich jemand fragte, wer ich sei, lache ich.

"Leer werden, was auch ein Reifegrad wäre, kann ich nicht, ich bin immer voll von dir." (Aus einem Brief)

Briefe an Simon

Ich gehöre nicht zum Fortschritt,
mit mir ist nicht zu rechnen

Simon, lieber Freund,

du weisst es, ich liebe es, nachts in meiner kleinen chaotischen Dachwohnung am See zu sein, zu lesen, zu schreiben, Wein zu trinken, Pfeife zu rauchen, Belcanto zu hören. Auch wenn ich ein Einsiedlerkrebs bin, bin ich nicht einsam, mein Lebensfreund Marcel ist im Zimmer nebenan, schaut Fernsehen. Ich wohne, lebe jetzt bald zwanzig Jahre mit ihm zusammen, wir hatten viele Tiefs und Hochs miteinander, und trotz grosser Turbulenzen, die es dann und wann zwischen uns gab, möchte ich ihn nicht missen, ist es für mich ein Glück, dass er da ist.

Grenzlinien weit zu überschreiten führt zu sich selbst zurück.

Ob die Strecke, die man gehen will, kurz oder lang ist: man kommt niemals an.

Du bist längst da.

Die Schweizer Literatur ist blamables Mittelmass.

Ein Liebesgedicht ist apoplektisch.

Dein Körper: intonierte Harmonie des Weltalls.

Du streckst dich nackt vor mir aus, Supernovae singen, wenn ich dich umarme.

Die Ausweglosigkeiten sind total – ausser wenn du kommst. Licht – dunkles Höhlengeheimnis, in dir finde ich alles.

Der seltsame Notizzettel

Der Himmel lappte in grauen Wolkenfetzen herunter, schlafblaue Wellen des Sees leckten das Ufer, der Wind, als käme er von sehr weit, flüsterte mit den Baumästen, diesig-flitterndes Licht flockte dem Abend entgegen, es fächerte sich eine inverse Stimmung auf, von allen Himmelsrichtungen aufgebracht, zutiefst in sich ruhend, die es dem Menschen ermöglichte, Atem zu holen, auszuspannen, zu lächeln ohne erkennbaren Grund.

Das Leben ist so wunderschön!

Es war auf einem meiner seltenen Spaziergänge, als ich den seltsamen Notizzettel fand; ich schlenderte völlig entspannt, ledig aller Sorgen auf einem Waldpfad, der dem Alten Rhein folgt. Die Dämmerung hatte bereits zögernd eingesetzt, kein einziger Vogel sang, fast wäre ich über einen Stein gestolpert, und da sah ich am Boden einen Zettel liegen. Neugierig hob ich ihn auf und las:

"Neue Wohnung anschauen.

Blick auf Lissabon und die Mündung des Tejo, dahinter die Höhenzüge der Serra da Arrabida.

Dünen, Triebsand.

Japanischer Ringer.

Goldstatuette eines keltischen Gotts.

Mittelhochdeutsch, höfische Dichtung.

Verrostete Ankerkette.

Träume einer Wollhandkrabbe.

Die Klavierkonzerte von Mozart.

Brief an Agnes.

Vorstellungstermin absagen."

Ich war äusserst baff vor Staunen, meine Phantasie begann zu arbeiten, gewaltig zu orgeln. Was war das für ein Mensch, der solche Notizen aufschrieb? Wofür hatte er dies festgehalten? In welchem Zusammenhang müsste man das verstehen? Und in welchem Zustand wird er sich befunden haben, dass er solche seltsame Notizen hier im Wald verloren hat?

Die Dunkelheit war bereits derart fortgeschritten, dass ich nur noch mit Mühe lesen konnte: "Nach der Nacht kommt nichts mehr."

Der Wind hatte sich verzogen, kein Lufthauch war spürbar, mondlos, sternenlos war die Nacht. Ich war sehr aufgewühlt, voller Gedanken. Ich glaube, dieser seltsame Notizzettel birgt ein ganzes Leben. Ich möchte diesen Menschen kennen lernen.

Dir, lieber Simon, zu schreiben, ist für mich ein Fest. Ich mag deine fein ziselierte Art, deine hochdifferenzierte Art zu denken; wie du mit deinen schlanken Händen Runen in den Luftraum schreibst, wenn du etwas ablehnst, ist ein Erlebnis, und dein Lachen ist, als geschähe ein achter Schöpfungstag.

Vor anderthalb Jahren hatte ich ein Burn-out, konnte ein paar Monate nicht mehr arbeiten, und dann einige bloss zu fünfzig Prozent. Depressionen und Selbstmordgedanken plagten mich, es war eine schlimme Zeit. Ich stand kurz vor einem Herzschlag, einem Hirnschlag. Inzwischen durfte ich mich erholen, bin frühpensioniert. Ich beginne wieder, das Leben zu lieben. Meine frühern Buchpublikationen interessierten mich nicht mehr, es war, als gingen sie mich nichts mehr an. Da lernte ich dich, *Simon*, kennen, du führtest mich sanft ins Leben zurück.

Es sind die Augenblicke, die nicht reflektierten, die nicht überschaubaren, die das Leben interessant machen. Mit einem geliebten Menschen nachts auf der Hafenmole zu sitzen, in leisen, schüchternen Sätzen von sich selbst zu reden, davon, von was die Hoffnung trotz grosser Enttäuschungen lebt, Erinnerungen bildhaft auferstehen zu lassen, zu wissen und zu fühlen, dass du aufmerksam bist, verstehst, es ist ein grosses Glück, ein Augenblick, der weit trägt. Offen für das zu sein, was der geliebte Mensch sagt, seinen Bemühungen, seinem Gelingen, seinem Scheitern nachzuhorchen, es ist ein grosses Glück, ein Augenblick, der wirklich weit trägt.

Die Zeit ist keine Konstante, die Zeit ist verlogen, sie trügt und belügt. Die Moderne ist eine Farce, ein Geschwür. Jene, die Karriere machen wollen, sollen Karriere machen, jene, die Geld schaufeln wollen, sollen Geld schaufeln, jene, die Ruhm erlangen wollen, sollen Ruhm erlangen, jene, die Geschichte schreiben wollen, sollen Geschichte schreiben – es ist ein *Haschen nach Wind*.

Mir geht es um Augenblicke, um den Hauch der Minuten, um das Kleine, Belanglose, Nichtbeachtete. Ich liebe die Spuren der Gehäuseschnecken, das Schwimmen der Mandarinente, das Tanzen der Bachschmerlen, die Rätsel des Silberfasans, die Akkorde Mozarts, die Liebeslieder eines vergessenen Poeten, die sinfonischen Farben eines Malers, die Formen eines Bildhauers.

Der Augenblick will nichts, er umfasst alles. Wie Seifenblasen tanzen Ideen von Platon, Aristoteles, Meister Eckhart, Bi-Yän-Lu, Laotse und was weiss der Kuckuck noch alles durch den Raum, durch denAugenblicksraum, die Minute des Lebens.

Was zählt, zählt nichts.

Jahrtausende rauschen vorbei, Wichtiges ist unwichtig.

Es ist alles eine Frage der Perspektiven, des Standorts.

Es gibt sie, deine Handwärme, es gibt es, dein Lächeln, es gibt sie, deine Worte, es gibt es, dein Schweigen, deine Nähe ist wirklich, sie ist nah. Der Augenblick trügt nicht.

Das Mit-Leiden mit den Menschen wird bei mir stärker.

Helligkeit ist bloss Dunkelheit, die sich selbst vergessen hat.

Robert Walsers Prosastückelchen versetzen mich in eine existenzielle Unruhe, wofür ich dankbar bin.

Ich liebe die Dimensionen der Leidenschaft.

In dem Masse, wie ich mich von mir entferne, nähere ich mich mir selbst.

Meine Seele sehnt sich dauernd nach den körperlichen Wirrnissen der Leidenschaft.

Heilige sind Ekstatiker der Lust (ich bin schon recht heilig geworden).

Man stösst nur zur eigenen Freiheit vor, wenn man viel Ballast abwirft.

Nichts zu sagen, sagt oft viel.

Mass zu halten, über längere Zeit gleich zu bleiben, finde ich langweilig. Ich liebe die Bockssprünge, die Verwinkelungen, die Wege, die sich verwirren, die Unübersichtlichkeiten, die Unerwartetheiten. Zu manchen Leben lässt sich nicht viel mehr sagen, als wann sie geboren wurden, welchen Beruf sie ergriffen, wann sie heirateten, wann sie ein Haus kauften, wann sie starben. Wie öde!

Nebenbei gesagt: Ich kaufte auch mal ein Haus, doch weil ich von Geld, Finanzen rein gar nichts verstehe, wurde dies zu einem Fiasko; ich musste es nach drei Jahren wieder verkaufen mit einem riesigen Verlust, an dem ich jahrelang nagte, Bankschulden abzahlen musste. Es war ein Abenteuer, das mich heute noch fröhlich stimmt, denn wenn es einen Preis für Unvernunft geben würde, hätte ich ihn bekommen.

Ich denke vergnügt an meine Berufe zurück, als ich Trappistenpostulant im Elsass war, als Maler in der Provence lebte, an verschiedenen Orten der Schweiz als Primarlehrer, Psychiatriehilfspfleger, Schallplatten- und Buchverkäufer, Verlagsvertreter, Korrektor. Als ich wochenlang durch Europa reiste. Meine Buchveröffentlichungen und Vorlesungen brachten es mit sich, dass ich Hunderte von Menschen kennen lernte, dass ich als passionierter Briefschreiber Tausende von Briefen schrieb.

Zwischen diesen Feuerwerken liebte ich immer auch längere Phasen der Besinnung, der Retraite, der freigeistigen Kontemplation. Dass etwas ist, wie es ist, und gleichzeitig ein Vielfach-Anderes, faszinierte mich seit eh und je. Der philosophische Begriff der „Causa", der Ursache, des Grunds, machte mich früh zornig, denn ich lasse mein Leben, mein Denken nicht einengen auf Formursache, Materialursache, Wirkursache, Zweck und Endursache; das finale Denken ist in meinen Augen etwas für Buchhalter und Dogmatiker. Das dualistische Weltbild taugt längst nicht mehr. Und am liebsten liebe ich *„ohne Grund"*.

Ich liebe die kleinen, kaum merkbaren Veränderungen, die Gleichzeitigkeit des Widersprüchlichen, geheimnisvoll vorüberziehende Nebelschwaden, das atmosphärische Knistern zwischen Menschen, die Überrumpelungen durch die Kunst.

Zurzeit türmen sich elf Journal-Bände der Brüder Edmond und Jules de Goncourt auf meinem Schreibtisch, „Erinnerungen aus dem literarischen Leben 1851 bis 1896": Ein existenzielles Lesefest, das mein spät gewordenes Leben verändert.

Weitere Lektüre: William S. Burroughs, „Radiert die Worte aus", Briefe 1959 bis 1974.

Es war schön, *Simon,* dass du bei mir warst, es tat mir gut. Ja, abgemacht, das nächste Mal besuche ich dich in deinem Atelier, du weisst es, ich liebe deine Bilder, bin gespannt, was du Neues gemalt hast.

Seit vielen Jahren ging ich an keine Schriftstellerlesung, an keine Vernissage mehr. Es wäre schlimm, wenn alle Kunstinteressierten so wären wie ich.

Grenzüberschreitungen

Es war bereits nachts, als ich die Grenze überschritt, eine Grenze, die sich wie eine Feuerschlange schlängelte, es waren kalt und lautlos sich hin- und herbewegende Flammenzungen, ich zuckte die Achseln und sagte mir, „henu, was soll's, hinter der Grenze gibt es halt so eigenartige Sachen" und ging vergnügt weiter, als ich auf einen Basilisken traf, der fünf suppentellergrosse Augen hatte, mit denen er mich anstarrte. Ich dachte mir, das kann ja heiter werden, doch ich liess diesen eitlen und dumm glotzenden Vogel links liegen, pfiff ein Liedchen und zog munter weiter, vor meinen Füssen verschwand eine riesengrosse Pythonschlange im Untergehölz, das mir viele Arme zu haben schien. Ich kam auf ein Feld, das aus matschigen Pilzsporenschläuchen zu bestehen schien, mir behagte das nicht, ich spannte kurzerhand meine Flügel aus und flog über dieses Feld. Voilà. Ich kam an einen See, an dessen Ufer ein grosses Fest stattfand: Stachelhäuter tanzten mit Seegurken, Polypen sangen, Tiefseemedusen schenkten Wein ein, ein Riesenmuschelkrebs legte einen Bauchtanz hin, ich winkte diesen spassigen Gesellen herzlich zu und kam in einen

Wald, in dem Wadenstecher, Weinbergschnecken, Filzläuse, Schirmquallen, Grabheuschrecken und allerhand andere Heroen ein Symposium abhielten, das Thema habe ich nicht eruieren können. Über mir zog eine muntere Schar von Erlenzeisigen, Waldohreulen, Rotschnabeltukanen und Lachmöwen tirilirend, quinkelierend und kuckuckend durch die Lüfte, herrgottschtärnechaibnochmals, ich wusste gar nicht, dass hinter den Grenzen Fest an Fest wogt, die Welt leicht ist wie Mandolinengeklirr, eine Klaviatur des Seins, balalaikagezupft, tenorhorntönend, ein feines Harfenrauschen, cembaloleicht, Tallandschaften, Gleithänge, Schotterterrassen, Brandungsgeröll setzen die Synkopen, und hoch auf den Felsschultern der grossen Berge ruhen sich die Sternbilder Steinbock, Fuhrmann, Walfisch und Drache aus, ich verwunderte mich mehr und mehr, denn meine Reise hat jetzt erst begonnen.

Vor meinen Füssen lagen Notenlinien, sie waren mir wie ein Fussgängerstreifen zum Unendlichen. Doch ich wollte nicht zu Fuss gehen, deshalb stieg ich in die Fünfmastbark mit ihren wie Triolen wehenden farbigen Segeln, und ich staunte nicht schlecht, als ich feststellte, dass ein Fest gefeiert wurde: Pantoffeltierchen tanzten vergnügt mit Bärenrobben, die Mondsichel schenkte sich perlenden Champagner ein, Wüsten- und Steppenzonen kletterten auf Mammutbäume, Spiralnebel spielten Blinde Kuh mit Runkelrüben, der alte weissbärtige Kapitän sang selbstvergessen ein Lied von Sturm und Liebe, inzwischen hat die Fünfmastbark den Hafen verlassen und hielt Kurs aufs offene Meer, deren haushohe Wellen wie Flammen züngelten.

Und jetzt beende ich meinen Reisebericht (es wurde noch toller, phantastischer), um – analytisch – einen kleinen Exkurs einzufädeln. Ich wurde gefragt, ob ich auf einem Trip war, als ich meine skurrilen Reiseerlebnisse notierte, und da muss ich schmunzeln, ha, es ist viel einfacher: Ich trank dazu Himbeersirup, denn meine Illuminationen, meine Phantasien, meine Gedankenjonglagen müssen in aller Bizarrerie in sich stimmig präzis sein (jawohl, gerade so!).

Ich liebe es, mit der Wirklichkeit zu spielen, Grenzen zu verschieben, Bekanntes umzuschichten, neu zu kombinieren, und dass ich auch ohne Alkoholika in Traumverwandelt-Surreales vorstossen kann, ist für mich eine grosse bereichernde Freiheit. Das Erleben der Wirklichkeit ist phänomenal vielwertig, denn niemals ist das alltagsbanale Erkennen der gängigen Wirklichkeit der Weisheit letzter Schluss. Heute heisst „Reisen" Flugticket, Hotelreservation, Versicherung, Velomiete, Check-in, Valuta, derweilen sind die Reisen in die Lebensveränderungen, in die Imponderabilien der Liebe, in die existenziellen Verschiebungen unvergleichlich interessanter.

In meinem Alter komme ich mit Siebenmeilenschritten in Neues weiter, in die Welt der Farben, Worte, Melodien, Formen, wunderbar sinnlich, die fern von Kalkulationen, Soll und Haben, Erfolg und Anerkennung sich entfalten, dort, wo sich zwei Hände halten, in der zarten Zuwendung einer Beziehung, in einem erwiderten Lächeln.

Ich liebe es, den Wellen des Bodensees nachzusinnen, oft sind die Wellen nachdenklich, oft verspielt, oft philosophisch oder spitzbübisch, keine Welle gleicht der andern Welle, es sind alles Charaktere, hochindividuell, wie die Wellen der Geschichte, die durch die Jahrhunderte brausten, Laotse war eine Welle, Elisabeth I. von England, Katharina II. und die russische Seele, Lucrecia Borgia, sie wellten dir nichts mir nichts durch die Weltgeschichte, alle waren ausgesprochene Charaktere, und wie liebe ich die Wellen der Musikgeschichte, Mozart, Giovanni Paesiello, Domenico Cimarosa, liebe die Wellen der Architektur, den trutzigen Dom von Minden, das Rathaus in Alsfeld, die Kirche Ste. Maria della Salute in Venedig, liebe die Kunstgeschichte mit ihren vieltausenderlei Namen, liebe die Wellen von Protagoras und Bertrand Russell, und, es ist ein offenbares Geheimnis, ich liebe leidenschaftlich die Wellen der Literatur und die Wellen des Weinrebensaftes, alles, was sich wellend bewegt, ist meinem Leben liebend zugetan, manchmal tanze ich mit den

Wellen am Himmel, den Kumuluswolken, dem Nimbostratus, ich betrachte auch gern die Wellen des Universums, Spiralgalaxien, Quasare, die Sternbilder Adler, Beteigeuze, Fuhrmann, alles wellt in grossen Dimensionen, es ist ein wunderbares Fest, Segelschiffe kreuzen durch die Wellen, Flugzeuge durch die Atmosphäre, Saatkrähen, Rotkelchen, Heidelerchen, Rauchschwalben durchziehen die Wellen der Winde, die Fronten der Luftströme, manchmal nennt man das Passat, im tropischen Regengürtel tanzen Mücken, Buntbarsche, Laternenfische, Schwarzbauchnasen durchpflügen die Wellen der Meere, Schlangenhalsschildkröten, Gürtelechsen, Landnattern kriechen über die Bodenwellen, nichts ruht, alles bewegt sich, wellend auf und ab, vorwärts und weiter vorwärts, die Wellen der Philosophie gischten auf, die Sagen der Menschheitsgeschichte wellen durch die Gegenwart, in der Einsamkeit zerbricht eine Welle am Uferfelsgeklüfte, in der Liebe vereinigen sich die Wellen, das Leben ist ein Fest der Wellen, von mir zu dir, von dir zu mir.

Vor längerer Zeit war ich bei einem bekannten Donizetti-Biographen in Sion im Kanton Wallis eingeladen. Er holte mich beim Bahnhof mit seinem alten VW ab. Nach etwa einer halben Stunde, in der wir ein lebhaftes Gespräch führten, bemerkte er plötzlich, dass er vergessen habe, den Motor zu starten und wir immer noch auf dem Bahnhofparkplatz standen. Nun beeilte er sich loszufahren, und im Schneckentempo fuhr er elegant um die Kurven, legte an den spassigsten Orten Vorsichtshalte ein und fuhr und fuhr dann wieder, aus dem Leben Donizettis erzählend. Das dauerte etwa eine Stunde. Plötzlich stellte er fest, dass er sich verfahren habe und er meinte sinnreich, wir müssten umkehren. Es erstaunte mich dann doch, wie er nach grössern Umwegen seine Wohnung fand. Bei ihm zuhause spielte er mir viele Stücke aus Donizettis Opern vor, von Schallplatten, die auffallend oft kratzten. Gegen zehn Uhr nachts meinte er, er habe vergessen, mir zu kochen, es gäbe einfach Reis, sonst nichts. Da kochte er Reis, spielte mir immer noch viele Donizetti-Stücke vor, ging in seine Küche und rührte im dampfenden Reis umher. Das Umherrühren dauerte etwa drei Stunden, da teilte er mit, er müsse den Reis fortwerfen, er sei nicht mehr essbar, doch das mache ja nichts – und führte mir Donizetti-Stücke vor. Er hatte schlicht die Zeit vergessen.

Einmal hatte ich zwei Gäste für ein Sommergartengrillfest; ich brachte den Grill auf Hochglut und legte die in Folien eingepackten Forellen auf die Glut. Zwischendurch spielte ich auf meiner Indianerflöte, mein Freund spielte Gitarre, die Freundin sang sehnsuchtsvolle Lieder. Die Forellen auf der Glut wendeten wir fleissig. Wir musizierten, sangen, diskutierten über alles Mögliche, wendeten die Forellen um und um und beklagten uns, dass sie nicht weich werden wollten. Nach einigen Stunden sagte ich als Gastgeber energisch, so, nun ist aber Zeit, wir essen die Forellen, die sind sicher gar. Als wir die Folien aufmachten, entdeckten wir nur Verkohltes, das stundenlange Garen war wohl etwas zu viel. Wir haben schlicht die Zeit vergessen, was aber unserer Fröhlichkeit keinen Abbruch tat, im Gegenteil, wir lachten noch mehr. Es ist wunderbar, die Zeit zu vergessen.

In den menschlichen Belangen ist vieles, was eigentlich unwahrscheinlich ist, durchaus möglich. Letzthin las ich in einem Baudelaire-Essay über Edgar Allan Poe Folgendes: Als Talleyrand (1754 bis 1838), Kleriker und Aussenminister von Frankreich, gefragt wurde, warum er an die Bibel glaube, antwortete er: „Ich glaube daran, zunächst einmal, weil ich Bischof von Autun bin, und sodann, weil ich absolut nichts darin verstehe."

Herrlich, was es alles so gibt.

Und wie ist der Fortschritt doch eine tolle Sache: Da kann rund um die Uhr alles mitverfolgt werden, was ich maile und SMS1e. Was ich persönlich mitzuteilen habe, kann die ganze Welt miterleben, abhorchen, mitverfolgen, der GROSE BRUDER USA schläft nie, er sieht, hört alles.

Wenn ich einem Freund telefoniere und ihm sage, dass ich finde, dass der Politiker XY eine Dreckweste hat und durch und durch korrupt sei, so nimmt das ein gigantisches Rechenzentrum zur Kenntnis und ordnet mich dementsprechend ein. Voilà.

Wenn ich meinen politischen Zorn schriftlich formuliere und dafür einen Verlag suche, finde ich nur Absagen: Die Heloten der Wirtschaft wollen sich kein Küchlein verbrennen lassen.

Derweil, ein Indischer Pardiesschnäpper besucht mich vergnügt, ein friedlicher Dunkelbäuchiger Riedfrosch hüpft auf mein Pult, ein Weissstorch stolziert in meiner Dachwohnung auf und ab, die geliebte alte Hausspinne kraxelt wiederholt auf meine Buddhastatue, der fröhliche Zweimaster fährt vor meinem Fenster vorbei, ein Schienenomnibus hält in meiner Wohnung an.

Was es alles so gibt!

Ha, bei mir passieren so Dinge, die nicht registriert werden, *ich gehöre nicht zum Fortschritt. Mit mir ist nicht zu rechnen.*

Das assoziative Denken ist dem systematischen Denken weit überlegen.

Mir ist die zögernde Zuneigung eines Menschen ein absolutes Geschenk.

Ich atme auf: meine paar hundert Liebesgedichte haben das Leben vor sich.

Was liebt, schenkt Schweigen.

Tausend Worte sind nichts gegenüber dem, was deine dunklen Augen mir sagen.

Das Leben ist ein dunkler See, wer in ihn hinabtaucht, findet überraschend Helle.

Allgemeine Wahrheiten sind Täuschung, es zählt nur das Individuelle: deine Verwirrtheit, dein Lächeln, deine Zuneigung.

Merkwürdig: das Kleinste, Unscheinbarste kommt mir gross vor.

Liebesgesetz. Die Liebe ist ein brennender Lavastrom – die Erkaltung, das Erstarren ist nicht aufzuhalten.

Ob ich an Gott glaube oder nicht, ich weiss es nicht, sicher ist aber, dass ich den Gott der Geschöpfe liebe.

Angesichts der Astronomie wird die Psychologie lächerlich.

Alt werden ist etwas Schönes, man kann die Fremdbestimmungen über Bord werfen und erreicht neue kühne innere Freiheiten.

Nur das Persönliche ist von allgemeinem Interesse (das schrieb ich doch schon früher irgendwo).

Für mich ist es ein Glück, *lieber Simon*, dass du meinen Hass auf die Verlogenheit der Politiker, meinen Abscheu vor der Impertinenz der Reichen verstehst, teilst, Du bist der intelligenteste, feinfühlendste Freund, den ich jemals hatte. Und du weisst es, ich werde nicht pessimistisch, griesgrämlich, ich setze unbeirrbar auf die sensiblen Möglichkeiten des Humanen, auf die Farben des Zwischenmenschlichen, auf die existenzielle Freiheit der Kunst, auf das innige Handhalten zweier Menschen in der Nacht. Und dass es nach der Finsternis einen Sonnenaufgang gibt.

Wenn ich Zug fahre – und ich fahre auch jetzt noch sehr oft Zug, obwohl ich in meiner Frühpension nicht mehr täglich in die Halbgefangenschaft der Arbeit, in die Verbannung muss – ist es meine Eigenart, mich in mich selbst zu versenken; ich versuche, meine Empfangsantennen möglichst hinunterzufahren. Am liebsten würde ich sie ganz abstellen, doch das gelingt mir nicht immer, es kommt auch auf die kleinere oder höhere Masslosigkeit der Lautstärke an, mit der die andern Zugfahrenden irgendeinem Natelempfänger oder einer Natelempfängerin mit dem Gestus der Weltwichtigkeit mitteilen, wo sie gerade sind – kurz vor oder hinter Pfungingendorf – und fragend ins heilige Natel schreien: „Du, was machsch hüt Obig? Nein, ich habe keinen Bock, Mensch-Mann, ich komme erst um sieben Uhr nach Hause, und dann muss ich duschen, dann abendessen", und das tönt immer so, als würde die Welt aus den Angeln gehoben, als marschierte Hannibal ein zweites Mal mit Elefanten über die Alpen, als würde die Welt an einem achten Schöpfungstag neu geschaffen.

Letzthin konnte ich im Zug kaum lesen, denn zwei urchige, ungehemmt lautstark palavernde Mordskerle tauschten ihre ohrenbetäubend markerschütternden Erlebnisse aus, da sie sich offensichtlich längere Zeit nicht mehr gesehen hatten. „Mein Scheisschef hat mir gekündigt, nun stemple ich wieder." „Ich habe auch noch keine Arbeit, doch auf dem RAV (Arbeitsamt) spinnen sie, diese haben von nichts eine Ahnung." „Übrigens, weisst du schon, dass Kari letzte Woche gestorben ist" „Ohne Scheiss, Mann?" „Ich rede keinen Scheiss, ich weiss es von Anna, und die muss es doch wissen, sie war seine Frau."

Bei einer nächsten Haltestelle setzte sich ein zärtlich gurrendes, schnäbelndes, junges Liebespaar in mein Vierersitzabteil, beide waren etwa zwanzigjährig, sie schauten mich an, als wäre ich Methusalem vom hintern Berg, sie schauten auf mein bildbandgrosses dickes Buch auf meinen Beinen – es war „Der geheime Tempel von Tibet. Eine mystische Reise in die Welt des Tantra" – sie lachten und küssten sich innig selbstvergessen. Als der Zug abfuhr, kreischte die junge Frau entsetzt auf und schrie: „Du, dort auf dem Perron steht meine Handtasche mit dem neuen Natel drin, ich habe sie vergessen." Der Jungverliebte schaute aufs Perron, sah die Handtasche seiner Herzinniggeliebten, schaute sie an und sagte ernst: „Schatz, du bisch en Totsch."

Dieser Satz hat mich einige Tage glücklich gestimmt.

Heute war der Himmel schwarz wie der Eingang zur Hölle.

Ich entdeckte in den letzten Wochen, Monaten neue Welten, Kontinente, Galaxien, Bilder, Klänge, Farbkompositionen, Zusammenhänge, Lebensziseliertheiten, wunderbar verborgene Kleinheiten, dem gegenüber ein jahrzehntelanges Berufsleben absolut unwichtig ist.

Deine Bilder, *lieber Simon*, haben mich entflammt, ich liebe es, wie du geigenhelles Gelb ins Siena führst, graue spinnwebdünne Netze darüberlegst, Licht und Dämmerlicht kopulieren lässt, Urkonflikte einbaust, wie Allegorie und Symbolgehalt miteinander harmonieren, die Farben des Saxofons finden sich in abstrakten Figuren, im Wechsel zwischen Statischem und Dynamischem tanzen abwechselnd geometrische und sommerlich reife Karawanen traumbildartig, sie sind nahe an Fensterrosen einer Kathedrale, das Konkrete verliert seine Schärfe und nähert sich einem dräuenden Wolkenartigen, deine Bilder erschüttern mich.

Das Leben als Schriftsteller ist ein Fest, er kann die Welt so gestalten, wie er will. Doch wehe, das Manuskript kommt in die Finger einesLektors, dann ist das Fest aus, „Nein, so geht das nicht. Die Sätze sind zu lang", sinniert despotisch der Lektor (sind Sätze von Thomas Mann, Franz Kafka oder Marcel Proust zu lang?), „die Vergleiche hinken, es hat zu viele Adjektive." (Dass zum Beispiel Robert Walser zu einem wesentlichen Punkt von den Adjektiven lebt, ist passé; er hat oft zwei bis drei und bis zu neun Adjektive einem Substantiv vorangestellt. Hätte ein Lektor Robert Walsers Adjektive amputiert, wäre Robert Walser heute bedeutungslos – derweilen ist er mit seinen Adjektiven ein Genie.) Irgendwo in der Provinz munkeln auch tatsächlich diverse Schulmeister, dass zu viele Adjektive unpassend seien, doch wann, bitteschen, sind es „zu viele"? Vladimir Nabokov hat in seinen Romanüberarbeitungen mehr und mehr Adjektive beigefügt, denn Adjektive sind Präzisierungen, Differenzierungen der genial-meisterhaften Art.

Ich liebe das Adjektiv, das Eigenschaftswort – das Wort, das die Eigenschaft des Hauptworts verdeutlicht, individuell einfärbt. Kunst hat viel mit Verdeutlichungen zu tun, Verdeutlichungen zum Fassbaren, zum Schwerfassbaren, zum Unfassbaren.

Lektoren sind akademisch gebildete Neophyten (erwachsene Neugetaufte), die den felsenfesten Glauben haben, dass sie's nun endlich und auf ewig wüssten, was sprachlich richtig und dem Leser zukömmlich ist – und so kastrieren sie die Sprachmächtigkeit und die Eigenwilligkeiten der Schriftsteller, sollte es überhaupt wieder einmal deutschsprachige Schriftsteller geben, die sprachmächtig und eigenwillig sind. Ist das Manuskript wie üblich äusserst dürftig im Inhalt und in der Wortwahl und kommt nicht über das simple Küchenlatein hinaus, klatschen die Lektoren in die Hände und loben die Einfachheit und die Authentizität. – Für mich ist die „Authentizität" etwas für Schüleraufsätze oder für den Journalismus, denn Kunst hat mit Verwandlungen zu tun (Chagall, Picasso, Homer, Hölderlin, Mozart, Philippe Jaccottet, Erika Burkart, Gioconda Belli).

Die Literaturkritiker stimmen dem Kahlschlag zu. Und der Leser ist sowieso eine überflüssige Deplaziertheit.

Wer wollte schon Politik betreiben in diesen Zeiten der Achterbahnen, der Geisterbahnen, der Hau-den-Lukas-Schläge, der Zuckerwatte, der Drehorgeln, der Apfelküchlein, der Schiessbuden, der allgemeinen Allotria, die überall Fuss gefasst hat in den Steuerämtern, in den Sozialämtern, in den Geburtsurkundenämtern, in den Heiratsämtern, in den Bestattungsämtern, es ist ein wildes Tohuwabohu allerorten, da wird niedergeschrieben, gefälscht, da wird erfunden und niedergedrückt, die Wahrheit ist ein Kaugummi, sehr dehnbar, bis er ausgespuckt wird, es wird mit falschen Gewichten gewogen, mit falschen Längen gemessen, nehmen wir es doch nicht so pinklig eng, was Geld bringt ist nützlich, fälschen wir drauflos, verkaufen wir, was wir nicht haben, schmücken wir uns mit Titeln, wir sind ein wehrhaftes Volk, wir haben unsere Parteiführer, die wissen, was nottut, wir haben Flammenwerfer und Handgranaten, Stricknadeln und Heugabeln, hacken auf unsern PCs rum, da soll noch einer kommen, dem lesen wir die Leviten, von wegen Flüchtling und so und von wegen überhaupt, lassen wir das Witzeln, die Lage ist ernst, die Abzockerboni bleiben in Millionenhöhe, wo kämen wir auch sonst hin, wäre ja gelacht, es wäre anders, sozial ist immer noch das, was der Reiche bestimmt, wer arm ist, ist selber schuld, müsste halt mehr arbeiten, Pfändungen eines Drogenkranken, was gibt es da zu lärmen, Gesetz ist Gesetz, wo kämen wir auch hin, wollten wir überall ein Auge zudrücken, der Staat hat nun mal halt seine ehernen Fundamente, die kann man nicht einfach umgehen um der Menschlichkeit willen, die Börsengewinne gehören den Krawattenträgern, ist doch klar, wer ein offenes Hemd trägt, ist selber schuld, der soll auf der Strasse Zuckerwatte und Apfelküchlein essen, so wird er auch satt, in den Fünfsternrestaurants herrschen eben andere Bräuche, das lässt sich nun mal nicht ändern, Unterschiede sind Unterschiede, man kann nicht alles einebnen, und mich verantwortlich zu machen, nur weil es mir gut geht und den andern nicht, meine Damen, meine Herren, für dieses Gespräch habe ich keine Zeit.

Mit meinen "Sätzen" instrumentiere ich mein Ich, die Welt, die Irrungen und Wirrungen meines Lebens, die Imaginationen der Nächte, die Realitäten der Irrealitäten, Hoffnungen und Enttäuschungen als Annäherungen von Gelebt- und Erlebtheiten.

Wer nicht jahrelang mit einem Drogenkranken zusammengelebt hat, versteht von der Welt gleichviel wie ein Kindergartenschüler.

In den Stürmen der Weltgeschichte zählt nur ein scheues Lächeln.

Eine einzige Hoffnung lässt tausend Hoffnungslosigkeiten vergessen.

Wer viel weiss, redet wenig.

Ich misstraue Menschen, die früh zu Bett gehen und früh aufstehen.

Zuneigung ist eine wunderbare sanfte Form der Liebe.

Die Geschichte könnte ein Kaleidoskop für die Gegenwart sein – in Wahrheit ist sie eine Latrine.

Mit zunehmendem Alter entdecke ich mehr und mehr neue Welten. Mir wird das Unwichtige wichtig.

Kriege verwüsten die Welt – dein Lächeln heilt existenziell.

Wenn ich mich mit meinem Ich konfrontiere, konfrontiere ich mich mit der Totalität der ganzen Welt.

Real, irreal, diese dümmliche Unterscheidung interessiert mich längst nicht mehr.

Ich weiss nicht, was der Mensch ist, doch ich kenne dein Lächeln – das macht mich bis zum letzten Atemzug zum Menschenfreund.

Der Mensch ist in der Evolution eine Fragwürdigkeit. Mich wühlen Fragwürdigkeiten auf, das ist mein Metier (besser: meine Leidenschaft).

Die Pendlerströme wälzen sich von einem Punkt zum andern, die Gratiszeitungen schlagen uns ihre immergleichen Dummheiten um die Ohren, die Fernsehserien zelebrieren ihre aufgepeppte Leerheit, aus den trendigen Radiosendern winseln die stets gleichen Unbedarftheiten, ein Gulaschmasseneintopf. Füllige junge Frauen stopfen sich in ihre hautengen schwarzen Strumpfhosen und wackeln so rum, ihre Gesichter sind fett maskiert anstatt dezent geschminkt. Die jungen Männer fühlen sich wichtig in ihrem Radau, in ihrer Austauschbarkeit, in ihrem dauernden animalischen aufs Trottoirspucken. Das Dominant-Generationentypische darf hinterfragt werden.

Ich stelle klar: Ich falle nicht in den senilen Singsang der alten Leute, die die heutige Jugend verteufelt, ich würde eher die heutigen Alten an die Kandare nehmen, die, geistig versteinert, korrupt geworden, sich nicht mehr in Frage stellen lassen wollen.

Antworten können immer zerpflückt werden.

Ich mag den Strom der Gegenwart, das Fliessende, Nichtfeststehende, die Veränderungen, die Fragen, den frischen Wind, der, nachts an einem Seeufer spazierend, wunderbar aufatmen lässt. Offenheit zuzulassen, Unerwartetes zu erwarten, sich existenziell auf sich selbst hin zu verändern in grosser Unabhängigkeit, das heisst sich zu verwirklichen, sich zu finden in der Suche nach dem Eignen, die von keiner Mode abhängig ist, was gäbe es Schöneres?

Ich geniesse den Strom der Gegenwart, meiner Gegenwart in der Sinfonie der Erlebnisse, in den Farben meines Lebens, in individuellen Wortbildern, indem ich den wandernden Wolken zuwinke, mich an die verwunderlichen Kathedralen, Fünfmastsegler, Korallenriffe erinnere, von Pagoden, Stalaktitengewölben, Stachelhäutern, Rosmarinseidelbast, von Seeadlern träume.

Im Strom der Gegenwart gibt es keine Zeit. Es ist alles ein Geschenk. Sein.

Wie gut, dass niemand weiss, dass ich Alexej Grigoriewitsch von Nowgorod bin, denn als Günstling Katharinas II. hätte ich zu viele Neider, und so bleibe ich schön in den Geschichtsbüchern als derjenige, der den Exkaiser Peter II. erdrosselte und über die Türken den Seesieg von Tscheschme erfocht.

Wie gut, dass niemand weiss, dass ich ein Spulwurm bin, denn dann muss ich niemandem verraten, wo ich mich gerade aufhalte, denn das wäre vielleicht für manche nicht sehr appetitanregend.

Wie gut, dass niemand weiss, dass ich im Benediktinerkloster Montserrat im vielzackigen katalonischen

Gebirge mit dem gleichen Namen mit den Sternen Zwiesprache halte.

Wie gut, dass niemand weiss, dass ich eine Porzellanvase für Pflaumenblüten, Mei-P'ing, aus der Yünang-Epoche (14. Jh.) bin, stehend auf dem Nachttischchen einer schlanken Hofdame.

Wie gut, dass niemand weiss, dass ich ein zerzauster Emu bin, der stets im Kreis herumhüpft.

Wie gut, dass niemand weiss, dass ich Amerigo Vespucci bin, der, sich wundernd, die Ostküste Brasiliens befährt.

Wie gut, dass niemand weiss, ich ein javanischer Monsunniederschlag bin, der gern im Regenwald tanzt.

Wie gut, dass niemand weiss, dass ich ein Kryptogramm bin mit der versteckten Huldigung auf die Mystikerin und Lyrikerin Sor Juana Inès de la Cruz.

Wie gut, dass niemand weiss, dass ich eine Nachtohreule bin, denn dann stört mich niemand, wenn ich den Mond besinge.

Wie gut, dass niemand weiss, dass ich eine turbanbemützte Türkenbundlilie bin, denn dann werde ich von keiner brutalen Hand ausgerissen.

Wie gut, dass niemand weiss, dass ich das Adagio aus Anton Bruckners siebter Sinfonie bin, denn dann darf ich ungestört ganz bei mir sein.

Wie gut, dass ich Rumpelstilzchen heiss.

Ich tanze, ich tanze.

Im Weltall strebt alles auseinander, du näherst dich mir eigensinnig.

Schreiben ist keine Beschäftigung, sondern immer ein verzweifeltes Testament vor dem Tod.

Nur das Einsame kann für eine Allgemeinheit Gültigkeit haben.

In meinem ganzen Leben hasste ich nichts so sehr wie Belehrung.

Ich hatte ein „literarisches Leben", publizierte über neunzig *opera*, kannte Dutzende von Künstlerinnen und Künstlern, doch am Allerschönsten waren jene Situationen, in denen ich Menschen helfen konnte, sei es durch ein Bier, einen Blick, etwas Geld, Zuwendung, eine Mahlzeit, einen Brief, einen Atemzug der Erholung für eine Nacht, einen Krankenbesuch, ein Handhalten, ein Telefongespräch, einmal eine Verteidigung vor Gericht, die zum Erfolg führte. Ich liebe die Kunst auch heute noch existenziell, doch ich sehe immer mehr, dass das Menschliche, das Zwischenmenschliche ungleich wichtiger ist. Die Kunst wird eitler Luxus, wenn ein paar Meter nebendran ein Mensch leidet. Ich bin untröstlich, dass ich nur wenige Menschen trösten konnte. Manchmal weine ich über das Leid in der Welt. Ich bliese alle meine Werke ungescheut ins Nichts, wenn ich einem Menschen helfen könnte. Gut, dass ich aufgewühlter werde!

Totschlag, Inzest, Sklaverei, Kindersoldaten, Fassbomben, Selbstmordattentat, Geiselnehmung, Korruption, Hunderte Tote bei einer Stadteroberung, ich blätterte lediglich in einer gutbürgerlichen Zeitung.

Es sind Augenblicke nur in unserm Leben.

Ich denke an andere Augenblicke, zum Beispiel: Ein Gedicht überzeugt wie der Kölner Dom, imponiert wie eine zugeschlagene Tür, ist wie ein Kohldistelblatt, dornig, fiederspaltig, gleitet wie eine Fünfmastbark über den Orinoco, perlt als Zweiunddreissigstelnote im

Universum, suhlt sich wie ein Spitznashorn, tönt wie eine Jazztrompete – ich atme in der unermesslichen Freiheit eines guten Gedichts auf, für Augenblicke nur.

Die Augenblicke sind es, die mich bestimmen – bei einem Flötenkonzert von François Devienne, dessen virtuose Leichtigkeit und anmutige Melodik, manchmal an die „resignierende Melancholie des sterbenden Rokoko" erinnernd, meine Seele auffliegen lassen.

Am Wegrain blüht der kelchbehaarte Zottige Klappertopf mit seinen elegant länglich-lanzettlichen Blättern, gewiss kein „Unkraut", sondern eine wunderbare Sinfonie in der Vielfalt der Natur – für ein paar Augenblicke der freudigsten Anmut.

Ein kleiner verwuschelter Hund bellt ganz aufgeregt vor Sehnsucht, seine Besitzerin ist einkaufen gegangen. Als sie zurückkommt, gerät das Hündchen wie ausser sich vor Freude und kann nicht masshalten an Liebesbekundungen. Was für Augenblicke!

Systeme und Dogmen, was für Plunder!

Ein Komet erhält den Familiennamen seines Entdeckers. Kometen werden nur dann beobachtet, wenn sie bis zum Jupiter vordringen; ich werde in den nächsten Nächten aufpassen, denn es vergnügte mich, einem Kometen meinen Namen anzuhängen, für ein paar Augenblicke nur.

Politische Manifeste, Geldzinssätze, Karrieresprünge, Eigentumswohnungen, Auf- und Abrüstungskonferenzen: Damit sollen sich jene Menschen beschäftigen, die sich einbilden, es gäbe etwas Wichtigeres als den Augenblick, die glauben, es gäbe eine Vernunft des Fortschritts.

Nachts mit einem geliebten Menschen auf der Hafenmole zu sitzen, zu schweigen, dem Gemurmel der Wellen zu lauschen – diese Augenblicke gehören zu den schönsten in meinem Leben.

Das Völklein der Literaten überrascht immer wieder; mal ist es seine Weitsichtigkeit, mal seine Kurzsichtigkeit. Der Literat will der Schnellste, der Beste, der Ausdauerndste, der Kühnste, der Analytischste, der Treffendste sein. Jeder will jeden übertreffen im Sensationellen, in der Akkuratesse des Durchblicks, im Gewissensbiss der Entlarvung, im Humanen, im Menschenfressenden, egal. Und je dünner, knöcherner, trockeneisiger, wortloser, blutärmer ein Text ist, desto überschwänglicher wird er von der Kritik gelobt. Es lebe die Inzucht, das Gedankenverarmte, das Vorstadtphantasielose, das Hirnrissige, der Gähnkrampf.

Edgar Alan Poe schrieb: „Nun sind aber die 'populärsten', die 'erfolgreichsten' Schriftsteller unter uns (...) geschäftige Nichtskönner, Speichellecker und Sudelköche."

In unserer dünnbeinigen Zeit ist es immer noch so. Es wird eine semiprofessionelle Werbekampagne gestartet für jeden unmöblierten Literaten, auch wenn dieser weder etwas von einem Vulkan noch von einem Fiebertraum weiss. Junge weibliche Literatenstars mit einem Intelligenzquotienten von höchstens 60 lassen sich feiern, nachdem sie auf hundertfünfzig Seiten nicht viel mehr als „huch" und „hach" geschrieben haben.

Die Literatur kennt Idyllen, Lehrdichtungen, Kriminalromane, Gedichte, Monologe, Pointen, Ausuferungen und Polemiken, Donquichotiaden, Epen, Romane, Tragödien, Komödien, Geschichtsallegorien, die Beat Generation: Niemand will ja vor die Hunde gehen, auch wenn es immer um die uralte Litanei geht. Die meisten Literaten stieren Löcher in die Wand.

Ich wünschte mir ein Völklein der Literaten, das offen für alles wäre, das keine zugekorkten Lügenetiketten verhökerte, das die fistelstimmigen Modulationen der Seele kennte.

Mir ist nun bewusst, dass dieser oder jener Leser ein Gesicht wie sieben Tage Regenwetter macht. Doch ich kenne den Wein auch, der die Löcher in den Socken zusammenzieht. Alors, ich bin, ob es um Sumpf, Trumpf oder Strumpf geht, dennoch in jedem Fall auf der Seite des selig-unseligen Völkleins der Literaten.

Cool bin ich niemals, und Ausgeglichenheit ist in meinen Augen eine fade Farce. Besonders Menschen, die kaum was verstehen, geben sich oftmals salbadernd sehr verständnisvoll. Das Verhalten innerhalb der Gesellschaft und auch innerhalb des Berufslebens ist tief von Verlogenheit gekennzeichnet, man lächelt den Chef an, obwohl man ihm lieber den Schädel spalten würde. Doch man ist ja erwachsen und unterwirft sich. Man gibt sich zähneknirschend mit dem Lohn zufrieden, obwohl er unter allem Hund ist. Man macht Überstunden für übellaunige arrogante Kunden und überforderte Sachbearbeiter, obwohl diese Überstunden nicht mehr bezahlt werden. Die Misere des Sichfügens ist in der Wirtschaft längst eine Maxime geworden, Auswege daraus gibt es keine ausser dem persönlichen Hirnschlag, dem Herzinfarkt, dem Burn-out. Das Faustrecht regiert erbarmungslos; die Chefs und die Reichen suhlen sich an den Sonnenplätzen, der Arme soll das Maul halten, solange er nicht verreckt ist.

Da ergreift mich ein orkanartiger Zorn, der durch nichts aufzuhalten ist. Ich beginne zu rasen, Feuer zu speien, Hasslitaneien zu schreien, tobe stundenlang, reisse Stacheldrahtzäune nieder, werfe sinnvollerweise in meiner chaotischen Wohnung Bücher umher, drehe mein Radio derart laut auf, dass der ach so geliebte Nachbar unter mir mit seinem Besen an seine Decke haut, bis er fast einen Herzinfarkt bekommt, was wiederum leider doch nicht der Fall ist. Chotzdonnerschtärnechaibnochmals, vor Zorn zu rasen, ist eine tolle Sache, man ist so schön ausserhalb der spiessigen Spielregeln, etwas Alttestamentliches. Alles kreuz und klein zu schlagen und in Schutt und Asche zu legen und singend abzufackeln, das befreit urmenschlich tief, das bringt weiter.

Lieb zu sein bringt fast nichts; zornig zu sein über die Banalitäten und Kalamitäten des Alltags kann wunderbar beglückend sein. Ich plädiere für mehr Zorn!

Zu verlieren ist schöner als zu gewinnen.

Meine Wohnorte: Basel, Birsfelden BL, Reiningue (Trappistenkloster im Elsass), Ried SZ, Nuglar SO, Oberägeri ZG, Knonau ZH, Eygalières, Provence, Stadt St. Gallen (Müller-Friedberg-Strasse, Museumstrasse, St. Georgen-Strasse, Axensteinstrasse), Wolfhalden AR, Lutzenberg AR, Staad SG, Rorschach SG.

Gezeugtwerden, Geborenwerden, Leben, Sterben: was für eine Anhäufung von Skandalen.

Ein jeder Biograf versagte vor meinem Leben, denn ich lebte jahrzehntelang in Bereichen, wovon es keine Zeugnisse gibt.

Warum ich kaum mehr schreibe, ich bin es müde zu arbeiten.

Kritiker würden weniger Unheil anrichten, wenn sie ihren Kompott selbst essen würden.

„In mir ist keine Basis für eine Überzeugung." (Charles Baudelaire)

„Die Dunkelheit züngelte flammend hervor" – wenn das kein Romananfangssatz ist!

A: Wir arbeiten, bis wir tot umfallen. B: Wir arbeiten, bis wir schier tot umfallen. C: Wir arbeiten alle, bis wir tot umfallen. D: Wir arbeiten alle, bis wir schier tot umfallen. E: Das ist nun mal halt so, dass wir arbeiten müssen, bis wir tot umfallen, F: Wenn wir nicht arbeiten würden, müssten wir hungern. G: Wenn wir nicht arbeiten würden, wäre es uns langweilig. H: Wenn wir nicht arbeiten würden, könnten wir uns keine Vorhänge leisten. I: Da wir arbeiten, überfressen wir uns, bis wir tot umfallen. K: Da wir Vorhänge haben, vereinsamen wir hinter den Vorhängen. L: Und überhaupt, wen geht es etwas an, ob wir hinter den Vorhängen hungern oder uns überfressen. M: Auch wer nicht arbeitet, fällt irgendwann einmal tot um. N: Ja, doch hinter Vorhängen lässt es sich leichter tot umfallen. O: Es ist doch alles gehupft wie gesprungen, mit oder ohne Arbeit. P: Was denkt der Nachbar, wenn wir keine Vorhänge hätten. Q: Der Nachbar soll denken, was er will, auch er fällt demnächst tot um. R: Mir wurde von jemandem gesagt, dass ihm gesagt worden sei, dass der Nachbar, obwohl er nicht arbeitet, Vorhänge hat. S: Geschieht ihm recht. T: Was heisst schon, geschieht ihm recht, nun sehe ich nicht, ob er hungert oder sich überfrisst. U: Ist doch egal, er wird so oder so tot umfallen. V: Wir fallen alle tot um, aber mit Arbeit fallen wir ein bisschen früher tot um. W: Wollen wir nicht von etwas anderem reden? X: Geht nicht, ich kann nicht mehr reden, ich muss zur Arbeit. Y: Ich muss meine Vorhänge aufhängen. Z: Nun könnte ein richtiges Gespräch beginnen.

Es auf die äussern Umstände zurückzuführen, auf den Zufall, der, ich entsinne mich, derart war, dass nicht absehbar war, dass ich dich treffen würde, da ich den Zug verpasste, weil der Radiowecker ein feines in sich ruhendes klassisches kammermusikalisches Konzert spielte, das mich nicht weckte, sondern einen Traum einfärbte, der mir vorgaukelte, ich tanzte in einem Urwald, von Baumwipfel zu Baumwipfel hüpfend, derweil zähnefletschende Raubtiere auf dem Boden nach mir lauerten, ist nicht möglich, oder, um es denkerisch irgendwie in den Griff zu bekommen, muss ich sagen, auch wenn es nicht eindeutig ist, diese Additionskette könnte durchaus eine vage Antwort sein, dass ich dich flüchtig kennen lernte, du bestiegst den Zug in R., setztest dich in mein Abteil, ich vergass, es war einfach zu früh für mich, jede Anstands- resp. Verhaltensregel und sagte, „hoi, du erinnerst mich an die Prinzessin Mathilde", sie schaute mich erstaunt an, und, ich stellte vergnügt fest, sie suchte unruhig nach einer Antwort, dann sagte sie, „und du erinnerst mich an nichts", ich fand das sehr lustig und lachte, und als sie mich lachen sah, lachte sie auch, wir waren beide verlegen und schauten aus dem Fenster, und, es blieb uns ja nichts anderes übrig, wir schauten uns wieder an und lachten, bis uns die Tränen vor Lachen kamen, da sagte sie, „ich habe den Zug verpasst, und jetzt lache ich mit dir, wer ist eigentlich deine Prinzessin Mathilde?", da erinnerte ich mich, dass ich sie mit dieser Prinzessin Mathilde verglich und sagte etwas wirr, „ich kenne keine Prinzessin Mathilde, mir ist das einfach aus Verlegenheit und Übermut so eingefallen, vielleicht habe ich mal etwas von einer Prinzessin Mathilde gelesen, es könnte sein, doch sicher bin ich mir nicht", und ich schaute beschämt aus dem Fenster, und als ich sie wieder anschaute, sagte sie mir, „zum Glück habe ich den Zug verpasst, sonst hätte ich dich nicht getroffen, du erinnerst mich jetzt an einen Prinzen in einem Traum von mir, der hiess Kalibru oder so", und wir lachten und lachten und tauschten unsere Adressen.

Lieber Simon, ich bin sehr unruhig, glücklich, dich morgen zu sehen. Mich beelendet sehr oft die heutige Welt mit ihren scharfen Kanten, mit ihrer massenwahndebilen Dummheit und Arroganz. Du bist ein Freund, wie ich es noch nie erlebt habe: intelligent, sehr feinfühlend auf mich eingehend, auf geheimnisvolle Weise ruhend in dir selbst, in deinem Malen, das ich sehr liebe. Ich liebe dich auch als Mensch, und zu erleben, dass auch du mich liebst: *Simon*, du bist für mich ein unfassbares Geschenk.

Morgen umarmen wir uns, halten wir unsere Hände. Schweigsam. Tief glücklich.

Der *Knurrhahn* ist ein prächtig gefärbter, im Meer lebender Raubfisch mit grossem Kopf und grossen Brustflossen, der bei Erregung knurrende Laute von sich gibt. Wenn man von einem Menschen sagt, dass er ein richtiger *Knurrhahn* ist, meint man einen mürrischen, verdriesslichen, missgelaunten Menschen.